次郎江戸暦4

小杉健治

時代小説
二見時代小説文庫

目　次

第一章　門付け芸人　7
第二章　三島宿　88
第三章　素　性　172
第四章　駆け落ち　251

残心——栄次郎江戸暦4

第一章　門付け芸人

一

銀杏《いちょう》の葉も黄色くなり、湯島切通しから望める上野東叡山の樹々も色づいた葉で覆われ、文人墨客の目を楽しませている。

この坂を下りながら、季節の移ろいを感じる。晩秋もいよいよおしまいに近づき、厳しい冬は間近になったように空気は冷え冷えとしてきた。

眼下に下谷《したや》、浅草、両国方面の町並みが広がり、大川の流れから、はろけく筑波の山が望める。

町中には寺院の大屋根が目につき、高く突き出ているのは各町の自身番の脇にある火の見櫓だ。

二本差しに淡い青地の二重《ふたえ》の着流しで、矢内栄次郎《やないえいじろう》は下谷から御徒町《おかちまち》を突っ切り、鳥越に向かった。

細面《ほそおもて》で目は大きく、鼻筋が通り、引き締まった口許。育ちのよさを窺わせる気品が漂っているが、栄次郎は御家人矢内家の部屋住《へやずみ》である。矢内家は父が亡くなり、今は兄栄之進《えいのしん》が当主となっており、栄次郎は世間で蔑《さげす》まれる、穀潰《ごくつぶ》しでもあった。

ただ、栄次郎は僅《わず》かながらだが、金を稼ぐことが出来るのだ。

次男坊という気楽さからか、栄次郎はいつしか浄瑠璃《じょうるり》の世界に足を突っ込んでいた。今では、三味線弾きとして身を立てられるほどの技量を身につけている。

きょうも、三味線の稽古に、鳥越神社の近くにある三味線の師匠杵屋吉右衛門《きねやきちえもん》の家に行く途中だった。

御徒町の武家地を通り、三味線堀を通って、鳥越神社の大屋根が目前に迫ってきた。

やがて、師匠の家にたどり着いた。格子づくりの小粋な家である。

栄次郎が師匠の家の格子戸を開けたとき、歯切れのいい節回しの唄声が聞こえてきた。

　豊葦原や吉原に　根ごして植えし江戸桜

匂う夕べの風につれ　鐘は上野か浅草に
その名を伝ふ花川戸

三島の音兵衛《おとべえ》さんだと、栄次郎は唄声に聞き耳を立てながら、腰から刀を外し、右手に持ち替えて部屋に上がった。

河東節《かわとうぶし》の『助六』である。享保二年（一七一七）に、一寸見河東が作った江戸生まれの浄瑠璃である。明るくて歯切れのいい節回しは江戸で生まれた節なので、江戸節とも言われる。

幸田屋《こうだや》音兵衛は、三島の宿場町で絹織物屋を営む『幸田屋』の主人である。富商のひとりに数えられている。

音兵衛は商売で、江戸には頻繁に出向いており、江戸に滞在しているときは、この杵屋吉右衛門に長唄を習っている。

音兵衛は四十歳。のびやかな声の持ち主で、高音のめりはりの利いた唄声は玄人《くろうと》はだしだ。

しんぞ命を揚巻の　これ助六が前渡り　風情なりける次第なり

稽古が終わると、向こうの部屋から師匠が声をかけた。

「吉栄《きちえい》さんかえ」

「はい。吉栄です」

吉栄とは、栄次郎の名取り名である。浄瑠璃では、栄次郎は杵屋吉栄と名乗っており、仲間はみな名取り名で呼ぶ。

「ちょっとこっちへ来てくれないか」

「はい」

栄次郎は稽古場の部屋の入口で、腰を下ろした。見台《けんだい》を挟んで、師匠と向かい合っていた音兵衛が、栄次郎に軽く会釈をし、

「栄次郎さん、ご無沙汰いたしております。いや、吉栄さんでしたね。失礼しました」

「幸田屋さん、さすがにいい声ですね。世辞ではなく、つい聞きほれておりました」

栄次郎は素直にたたえる。

「いやあ、吉栄さんにそう言われると、穴があったら入りたい心持ちです」

音兵衛は頭をかいた。

師匠は膝元に置いてある湯飲みをつかみ、茶をすすってから、

「吉栄さん、ちとお願いがあるのですが」

と、改まって切り出した。

「なんでしょうか」

「来月、『伊豆屋《いずや》』の別邸で行われる芝居のことなのです」

「伊豆屋さんが『助六』をやられるのでしたね」

『伊豆屋』は脇本陣のひとつである。一番繁盛しているといわれている旅籠《はたご》である。

本陣の宿泊は将軍の名代《みようだい》、勅使、公家《くげ》、大名、旗本などに限られていたが、脇本陣は一般の者も泊まれ、特に富裕な商人や旅人も泊まったので、かなり内情は豊かであった。中でも、『伊豆屋』は豪華で本陣より立派ではないかといわれている。

その『伊豆屋』の主人高右衛門《こうえもん》は、大の芝居好きで、近在の芝居好きの者を集めて素人芝居の一座を作っている。

芝居は役者だけではなく、ちょぼ語り、いわゆる義太夫の語りや囃《はや》し方も必要で、もちろん、これも素人の道楽者を集めている。

『伊豆屋』の大広間には舞台があるという。衣装や小道具など、本格的に揃えてある。豪商なだけに、やることが派手なのだと、音兵衛から聞いたことがある。

今年は十月二十六日に、『助六所縁江戸桜《すけろくゆかりのえどざくら》』を演じることになった。もちろん、伊豆屋高右衛門が助六をやるのだが、これを演じるに当たり、江戸から市川団十郎《いちかわだんじゅうろう》一門の市川団蔵《だんぞう》を呼び、本格的な稽古をはじめていたのである。

市川団蔵の指導を受けているので、市川家の型で、『助六』を演じることになった。それはそれでいいのだが、長唄、清元にも『助六』がある中で、市川家の『助六』は河東節を使っていた。このときから、少しのちのことになるが、七世市川団十郎が団十郎家のお家芸という歌舞伎十八番に『助六』を選んだのだが、それ以降、団十郎家では『助六』には河東節を使うようになった。

ところが、三島では江戸節といわれる河東節を誰も知らないので、伊豆屋は、杵屋吉右衛門師匠と弟子に三味線を弾いてくれないか、と音兵衛を通して頼み込んだという経緯があった。

来月は、稽古を半月ほどお休みさせていただきますと、師匠に言われていたことを思い出した。師匠は三島まで行くことになっていたのだ。

「三島には私と吉太郎《きちたろう》さんが行くことになっていたのです」

「はい。そのように聞いています」

吉太郎というのは、栄次郎の兄弟子《でし》である。坂本東次郎《さかもととうじろう》といって旗本の次男坊である。

「吉太郎さんは、はじめはその気だったのですが、やはりお家の事情から、江戸を離れるのは難しいということになってしまったのです」

師匠はため息をつき、

「そこで、吉栄さんにお願い出来ないかと思いましてね」

と、すがるような目を向けた。

「私が、ですか」

栄次郎はふいの頼みに少し困惑した。

だが、断る理由もない。

「私でよければ、お手伝いさせていただきますが、私のほうも江戸を離れる許しが出るかどうか、そこが心配なのです」

栄次郎は兄を通して許可をもらうことになるが、兄はたぶん栄次郎のために上役に届けてくれるだろう。だが、肝心の上役の許しが出るだろうか。

「やはり、そうでしょうな」

横で、音兵衛が落胆したように肩を落とした。

「武士とは不便なものでして」

栄次郎はすまなそうに言う。

旗本、御家人はお役により旅をする以外は、江戸を離れることは出来ない。もし、よんどころなき事情から旅に出なければならぬ場合は、上役の許しが必要だった。それはお役についていない部屋住でも同じである。旗本、御家人は家族の居所も、常に報告しなければならないのだ。

「もし、お許しが出なければ諦めるしかありません」

音兵衛の声は力がなかった。

「代わりになる御方《おかた》はたくさんいらっしゃるではありませんか」

と、栄次郎は吉右衛門の弟子の何人かの名を挙げた。皆、町人である。

宝暦・天明期以降、世俗の身分と離れた遊芸という別世界に身を投じて、江戸っ子は遊び興じるようになっていた。

俳諧、狂歌、茶、華、義太夫、常磐津《ときわず》、清元、長唄など、たくさんの種類の遊芸があり、それぞれに家元がいて、その下で芸名の名取りというものが行われた。

ちなみに、義太夫、常磐津、清元などを浄瑠璃といい、芝居とのかねあいが強く、「語りもの」と呼ばれているのに対して、長唄は「唄もの」と呼ばれている。杵屋吉右衛門師匠は、浄瑠璃も長唄も教えているのだ。

この世界では、長屋の住人であっても一芸に秀でれば、家元として流派を開き、貧富の差に関係なく町人たちや武士を弟子にとって教えた。

かくいう師匠の杵屋吉右衛門は、横山町の薬種問屋の長男で、持って生まれた才能から、二十四歳のときには大師匠の代稽古を務めている。

この遊芸の世界では、旗本であろうが御家人だろうが、大店《おおだな》の主人だろうが、長屋の住人だろうが、世俗の身分は関係ないのだ。

町人の中で、腕の達者な何人かの名を挙げたが、師匠も音兵衛もあまり気乗りのしない顔をした。

「これが、うちうちの会でのことなら、そうします。ですが、江戸の外で、杵屋吉右衛門門下ということで三味線を披露するのですから、恥ずかしくない芸をお見せしたいのです。そうなると、吉太郎さんか吉栄さんしかおりません」

「もし、吉栄さんがだめなら、今回は師匠ひとりでお願いしようと思います」

音兵衛がはっきり言った。

「どうも買いかぶりされているようで恐縮です。でも、そこまで仰《おっしゃ》られるのでしたら、なんとか許しを得るように頑張ってみます。それに、正直申しますと、私もぜひその舞台で弾いてみたいと思っているのです」

いわば他流試合だ。腕を磨くいい機会だと、栄次郎は心が弾《はず》む思いだった。

「お許しの件ですが、吉太郎さんのように旗本ではないので、案外と簡単にお許しが出るかもしれません」

場合によっては、あの御方に頼み、裏から手をまわしてもらおうかと思った。

「ぜひ、いい知らせが入りますように」

音兵衛は安堵したように言った。

「そうそう、音兵衛さん。例の件はどうなりました?」

師匠が思い出したようにきいた。

「ああ、あれですか。伊豆屋さんは、ちょっと気にしているようです」

「伊豆屋さんに何かあったのですか」

栄次郎はふたりの顔を見比べてきいた。

師匠と音兵衛は互いに顔を見合わせたが、口を開いたのは音兵衛だった。

「栄次郎さん。たいしたことではないのですが、妙な手紙が、町の主立った者のところに届いたのです」

「文ですか」

「はい。あっ、栄次郎さんのお稽古の邪魔をしてしまっていますが」

音兵衛は気にした。

「まだ、あとのお弟子さんがお見えではないので、とりあえず、お話だけをお聞かせください」

そろそろ、町火消『ほ』組の頭取政五郎《まさごろう》の娘のおゆうや相模《さがみ》の大金持ちの三男坊で、江戸の浄瑠璃を習いにやって来ていると話している新八《しんぱち》が姿を見せるはずだった。

「よろしゅうございますか」

音兵衛は師匠に伺いを立てた。

「構いません」

師匠の返事を聞いて、音兵衛は改めて栄次郎に顔を向けた。

「その文には、槍さびの文句が」

「槍さび、ですか」

「そうです。槍はさびてもその名はさびぬ、昔忘れぬ落差《おとしざ》し。こう書いてありました」

音兵衛は暗い顔で言う。

「それが何か」

「その文句のあとに、恨みと書いてあったのです」

「恨み？」

「まさかとは思うのですが」

　音兵衛は言いよどんだ。


　その夜、栄次郎は本郷の組屋敷に戻った。

　兄の栄之進に正式に、御徒目付の役付きの沙汰が下り、いずれ屋敷替えになるので、その支度をしなければならない。

　武士は武家地に住まなければならず、武家地には大名、旗本、御家人、そして幕府に仕える医官、儒者も住んでいる。すべて、拝領屋敷だ。

　御家人の屋敷もすべて拝領屋敷で、組屋敷といって、組頭が統率している。役向きによって組屋敷が作られているので、役が替われば、屋敷も替えることになる。

　兄は部屋の中を整理していた。

「兄上」

　敷居の前で、栄次郎は声をかけた。

「おう、栄次郎か。早いな」

　兄が振り向いた。

ますます兄は亡き父と瓜二つになってきた。父もいつも厳しい顔をし、口数の少ないひとだった。堅物《かたぶつ》で、生真面目。その性格も、父に似ている。

そう思っていたのだが、じつは兄はほんとうは砕けた人柄だということがわかった。いつも気難しい顔をし、融通のきかない性格だと思っていたのだが、実際はまったく違うのだ。

深川の悪所に顔を出し、そこの女たちに軽口を叩き、皆を笑わせている。もちろん、兄はそんな姿を栄次郎に見られているとは思ってもいないようで、いつも毅然とした態度で栄次郎に接する。

「よろしいでしょうか」

「うむ。入れ」

兄は積み上げた書類をそのままにし、部屋の真ん中に座った。

栄次郎はその前に腰を下ろした。

「なんだ」

兄が催促する。

「ちょっと旅に出たいのですが、お許しをいただけるようにお取り計らいくださいませぬか」

「旅だと」

ちょっと驚いたように、兄は目を見開いた。

「どこへ行くのだ？」

「はい。浄瑠璃の師匠とともに三島まで行きたいのです。『伊豆屋』という旅籠で、そこの主人が素人芝居をするのです。その地方《じかた》を頼まれたのです」

「そのようなことで、お許しは出まい」

兄は突き放すように言う。

「はい。ですから別の理由を考えなければなりませぬが」

「わしも御徒目付に配属されたばかりで、いきなりそんな願いを出すのはな」

兄は乗り気ではなかった。

「わかっております。ただ、師匠と私を呼んでくださる御方は三島の豪商でして、まことに意地汚い話なのですが、だいぶ弾んでくれそうなのです」

「うむ？」

兄の表情が動いた。

「また、兄上にも少しだけおすそ分け出来ると思うので、なんとか引き受けたいのですが、やはり無理でしょうか」

「わしは別におすそ分けに与《あず》かろうなどとは思っておらん」

そう言ってから、兄は腕組みをした。

「そうは思っていないが、そなたの願いをなんとかかなえてやりたい」

腕組みしたまま、兄は栄次郎を見た。

「ありがとうございます」

「ただ、母上にはなんと言うかのう」

「そのことですが……」

栄次郎は言葉に詰まった。

母上への説明がつかない。正直に言えば、反対される。御前さまこと岩井文兵衛《いわいぶんべえ》に頼むしかないと考えたのだ。

岩井文兵衛は、一橋家二代目の治済《はるさだ》の時代、一橋家の用人をしていた男である。矢内の父といっしょに働いていたのである。父は一橋卿の近習番を務めていた。

その岩井文兵衛に母への言い訳を頼むしかないと考えたのだ。

「そうするしかないようだな」

兄は呟くように言った。

兄嫁が急の病で亡くなってから、兄はずいぶん気落ちしていた。それで、元気づけようと、兄を騙して深川仲町《なかちよう》へと連れ出したことがあった。

それ以降、兄は不機嫌になった。栄次郎はよけいな真似をしたと後悔していたのだが、じつは、兄はその悪所にこっそり通っていたのだ。

そればかりではない。娼妓たちを集め、笑わせているという。家とはまったく違う兄の姿を知って、栄次郎はうれしくなったものだ。

「兄上。もし、お許しが出ましたら、兄上にもたんとお礼をさせていただきます」

「ばかな。弟のくせに、そんな気を使うではない」

険しい顔つきで、兄は言った。だが、内心では喜んでいるのだということが、栄次郎にはわかっていた。

二

両国の大川端に、大川からの入り堀があって薬研堀《やげんぼり》と称した。今は半分以上埋め立てられて一部が残っているだけだが、そこに橋がかかっている。その橋の袂《たもと》に柳が植えられていたので柳橋といったが、今は神田川の入口にかかっている橋を柳橋と呼んでいるので、この橋は元柳橋と言うようになった。

この元柳橋の傍に料理屋の『久もと』がある。今では、神田川沿いの下柳原同朋町や吉川町のほうが賑わっているが、『久もと』は老舗《しにせ》の料理屋であった。

その『久もと』の奥座敷で、栄次郎は岩井文兵衛と会っていた。

「よろしい。『久もと』私から母上にお話ししておきましょう」

「ほんとうですか。助かります」

栄次郎はほっとした。三島に杵屋吉右衛門師匠といっしょに行きたいことを話すと、岩井文兵衛はあっさり請け合ってくれたのだ。

母は、文兵衛の言葉なら、すぐに信用するはずだ。

「で、演《だ》し物は？」

文兵衛はきいた。

「はい。『助六』で、『助六所縁江戸桜』です」

「河東節ですか」

さすがに、文兵衛は知っていた。端唄《はうた》だけでなく、浄瑠璃などにも造詣が深いようだった。根っから芸事が好きなのだ。

「長唄は浚《さら》ったことがあるのですが、河東節ははじめてなので、さっそく稽古に入っています」

「栄次郎どのの腕なら、すぐ覚えるさ」

芸者の酌を受けながら、文兵衛は言う。

文兵衛は歳の頃は五十前後。隠居の身でありながら、渋い風格に、色気を漂わせている。ときたまこの『久もと』にやって来て、芸者の弾く三味線で端唄や都々逸《どどいつ》を楽しむ粋人である。

最近は、栄次郎の糸で唄うのを楽しみにしており、今夜も栄次郎の誘いにすぐに応じてくれたのだ。

「もし、兄上どののほうで許しがもらえなければ、私のほうから一言、口を出してもよいが」

文兵衛が気を使って言う。

「いえ、おそれ多いことで」

じつは栄次郎は十一代将軍家斉《いえなり》の父治済の隠し子であり、そのために陰からいろいろ手を差し伸べられていることを知っている。

たとえば、矢内家の当主である兄の扶持《ふち》だけでは、とうてい矢内家を保つのは苦しい。

だが、母へどこかから援助があるのだ。それも、栄次郎が大御所の子であるからだ。

また、兄がこのたび御徒目付に役替えになったのも、文兵衛の口添えがあったことは間違いない。

ただ、兄栄之進がその抜擢に応えられるだけの力を持っていることは間違いなかった。

こうして、何らかの形での援護を受けている。だが、栄次郎はそういう恩恵を受けることに忸怩《じくじ》たる思いを持っているのだ。

もちろん、栄次郎が大御所の子であることを利用すれば、贅沢も可能だし、わがままも出来る。

大御所の治済は、年老いて芸人に生ませた子である栄次郎を哀れみ、栄達の道を与えようとしていた。その最たるものが、尾張六十二万石の跡継ぎに担《かつ》ぐことだった。

だが、栄次郎は拒否した。

栄次郎は大御所の子ではなく、あくまでも矢内家の次男だと思っている。そして、そのように生きていこうとしているのだ（小社既刊『見切り』）。

栄次郎の気持ちを察したように、

「旅に出る前に、渡しておきたいものがあります。何かの折りには役立つでしょう。それを、必ず持って行くように」

文兵衛はにこやかに言う。

「はい。ありがとうございます」

「どうぞ」

栄次郎の横にいた若い芸者小まきが銚子をかかげた。

「いえ、私はもう」

そう言って、栄次郎は杯を伏せた。

「まあ」

小まきがいたずらっぽくにらむ真似をした。

「私は下戸《げこ》なもので」

栄次郎は下を向いて言う。

「私も、三島まで行って、『助六』を観てみたいものです」

文兵衛が酒をすすってから言った。もう、何杯も杯を空けているのに、いっこうに酔ったふうには思えない。栄次郎はただ感心するだけだ。

文兵衛は、あっさり三島行きを許してくれたが、奇妙な文が来たことを話したら、許してくれたかどうか。危険な真似はさせないであろう。

ふと、栄次郎は思いついて、きいた。

「御前。こういう文句を聞いたことがありますか」

「うむ。どんな唄ですか」

栄次郎の言い方が意味ありげに思えたのか、文兵衛は口許に杯を運ぶ手を止めた。

「槍はさびてもその名はさびぬ、昔忘れぬ落差し。こういう文句です」

栄次郎は文句だけを語った。

「うむ。最近の唄かもしれませんね。ただ、『浮き草』という詞集に、与作踊りという唄があり、こういう文句です」

文兵衛は酒で喉を湿してから、

「槍はさびても名はさびぬ、今は昔の刀差しぢゃ、しゃんとせ、与作踊りは頬冠り、よいよいよいやさア」

「なるほど。それが元唄なのですね」

「そうでしょう」

ふと、文兵衛は不思議そうな顔をした。

「その唄がどうかしたのですか」

「いえ。ちょっと小耳に挟んだので」

そのわけは言えなかったが、幸田屋音兵衛の話は気になるものだった。

それは七年ほど前のことだった。

三島宿にあまり裕福ではなさそうな武士が妻女らしい女とやって来て、『伊豆屋』に泊まった。

『伊豆屋』は脇本陣であるが、当時から三島宿では本陣をもしのぐ豪勢な造りで、金のある者しか泊まれないような旅籠だった。ただ本陣とは違い、格式にとらわれず、誰でも金があれば泊まれる。そんな宿だった。

その夜、騒ぎが起きた。宿泊した江戸の商人が、大坂で商売をして稼いだ五十両が盗まれたと騒ぎだした。そして、外から忍び込んだ形跡のないことから、泊まり客が怪しいということになり、『伊豆屋』の主人高右衛門がひと部屋ずつ調べていった。すると、件《くだん》の武士の泊まっている部屋で、五十両が見つかったのだ。

武士と妻女は否定した。だが、五十両という動かぬ証拠が出て来ているので、伊豆屋高右衛門は使いを三島陣屋に走らせ、やがて代官所手付けや手代が駆けつけて来た。

そこで、武士と妻女は陣屋に連れて行かれた。

だが、妻女の病気治療のために伊豆修善寺の湯治場を目指す途中に、三島に泊まったのだと言い、拙者ではないと言い張るのみで、その武士は、藩の名も名乗らなかった。やがて、その武士が仕える藩がわかった。問い合わせると、とうに脱藩した者であると、その藩は関わり合いを拒否した。

その騒ぎの間、妻女が倒れ、心労の負担が大きかったのだろう、そのまま息を引き取った。

だが、そのあとで武士の疑いが晴れた。武士が持っていた五十両の金の出所がわかった。家宝の槍を刀剣屋に売ったのだという。

妻女が湯治場で養生する金を得るために、先祖伝来の槍を手放したのだという。

その武士は無実だったのだ。それより、盗まれたと騒いだ商人は、あとで自分の勘違いだったことがわかった。つまり、その商人は風呂に行くとき、用心をして鴨居の中に五十両を隠したのをすっかり忘れてしまったのだという。

そのことを伊豆屋に届けたが、伊豆屋も今さら引っ込みがつかなくなり、そのまま口を閉ざしてしまったのだ。

もし、伊豆屋がこのことを早く届け出れば、武士の妻女もあのようなことにならなかったろうと、音兵衛が言った。

その武士を泊めたのは女中で、伊豆屋は外見から宿泊を拒否しただろうと、音兵衛は言い、だからはじめから疑いの目を武士に向けていたのだ。

妻女を亡くし、浪々の身となった武士は、いずこかに消えて行ったという。

この事件が起きたのが、七年前の十月。

槍はさびても名はさびぬ、昔忘れぬ落差し。この文句は、あのときの武士を思わせるというのが音兵衛の言葉だった。落差しは、うらぶれた浪人を連想させ、昔忘れぬとは武士のときというより、浪人となるきっかけとなった盗難事件のことであろう。

武士の名は沼田次郎兵衛《ぬまたじろべえ》だという。


槍さびの詞のあとに、恨という文字があったと告げたら、文兵衛はなんと言うだろうか。栄次郎はそこまで話すべきか迷っていると、

「御前。そろそろ、いかがですか」

と、年増芸者が三味線に手を伸ばした。

「よし」

文兵衛が杯を置いた。

テトンシャンと、本調子の糸の音。文兵衛が口を開く。

せめて振り向いておくれよと　言った浮名の深情け

しみじみ味わう苦労の夜烏……

文兵衛が唄い終えたとき、ふと夜風に乗って、三味の音とともに、どこか寂しげで切なそうな乙《おつ》な声が聞こえてきた。女の声だ。

秋の夜は
長いものとはまん丸な
月見ぬひとの心かも
更けて待てども来ぬひとの
訪ずるものは鐘ばかり
数うる指も寝つ起きつ
わしや照らされているわいな

「よい声ですね」
栄次郎も聞きほれていた。秋の夜長に、丸い月。待ち人の来ない切なさが心に響いてくる。訪ずるものは鐘ばかりの訪ずるは、音ずるに掛けている。訪れるものはなく、ただ鐘の音だけが……。

「見事な声だ」

文兵衛も聞き入っていた。

「ここ二、三日、流している芸人さんですよ。兄と妹で、流しています」

年増《としま》芸者が言う。

「若いのか」

「はい。若いようです」

「呼んで来てくれないか」

文兵衛が芸者に言う。

「はい」

小まきが立ち上がった。

しかし、三味線の音は遠ざかって行くようだった。

栄次郎は聞こえなくなった音を惜しむように耳をそばだてた。

しばらくして、小まきが戻って来た。

「今、呼びに行かせましたが、遠くに行ってしまったようです」

男衆に頼んだのだろう。

「そうか。それは残念だったな」

　文兵衛はいかにもがっかりしたように言う。

「御前。今の『秋の夜』をやりませんか」

　栄次郎は自分が三味線を弾くつもりで言った。

「いや。あの声を聞いたあとでは、私の声は艶消しになってしまいます。今一度、あの声を聞いてみたいものだ」

　文兵衛は心からほとばしるように言った。

「御前。ずいぶん、お気に召されたようですね。あの芸人さんを」

「何か心を揺さぶるものがある。若い女のようだが、どうして若い身空であんな声が出るのか」

「ほんとうに、御前。いたくご執心のようですね」

　小まきまでが文兵衛を驚いたように見る。

　自分の唄を出せなくなったほどに、文兵衛は衝撃を受けたようだ。確かに、魂を震わせるほどの声の持ち主だ。

「女が恋しい男を待っているというふうに思うだろう。確かに、そうなのだが、佐渡に流された江戸の男が望郷の念で作ったという説がある。待ち人とは、恩赦のことだと」

文兵衛が説明した。

「そういう説があるのですか」

栄次郎は口をはさんだ。

「そうです。今の唄声には、単なる想い人を待つというより、不遇の身を切々と訴える嘆きに聞こえたのです。おそらく、あの唄声の主は、身内にそのような者がいたのかもしれません。でなければ、どうしてあのような声が出せましょう」

文兵衛はしんみり言った。

唄声だけで、そこまで想像出来るのかと、栄次郎は感嘆した。幾多の修羅場を切り抜けてきただけでなく、遊蕩にもふけり、人間の裏側を見、人情の機微にも長《た》けている文兵衛にして、はじめて言えることだ。

栄次郎はいつも思うのだ。こういうおとなの男になりたいと。

「栄次郎どの。どうしました？　私の顔に何かついているのですかな」

文兵衛の声に、栄次郎ははっと気がついた。文兵衛の顔をじっと見つめていたようだ。

「失礼いたしました。どうしたら、御前のような男になれるのだろうと、つい見とれておりました」

「買いかぶらないほうがいいかもしれませんよ。ただ、私のことはさておき、栄次郎どのに言えることは……」

文兵衛はにやりと笑い、

「栄次郎どのは真剣に女子《おなご》を好きになったことがおありですかな。親兄弟との縁を切り、今の身分を捨ててでも、添い遂げたいと思うほどに恋い焦がれた女はあったかどうか」

と、栄次郎の心に斬りかかるようにきいたのだ。

「いえ」

この夏、川開きの夜に新内流しを手伝い、大川へ船で漕ぎ出したおりに、助けた旗本の娘の萩絵《はぎえ》。この萩絵に、栄次郎ははじめて胸を焦《こ》がした。

しかし、萩絵との恋も実らずに終わった。もともと許嫁《いいなずけ》のいた萩絵のことを考えて、栄次郎は自ら引いた形になったのだ。文兵衛の言うような覚悟で、萩絵を手に入れようとは思わなかった。

「御前はおありですか」

「なんと申し上げたらよいか」

文兵衛は曖昧に笑った。しかし、穏やかな中に苦《にが》みを含んだ顔だちには、辛酸を嘗めるような女との秘め事があるのを感じた。

「私が、このようなことを言ったなどと母上には内緒にしてください」

文兵衛はいたずらっぽく笑った。

「はい。でも、そのうち、御前の昔話でも聞かせてください」

「そのうちに」

「私たちもお聞きしたいですわ」

年増芸者が言う。

「お聞かせくださいな」

小まきもせがむ。

「御前。三対一です。もう、お約束しました」

「これは、まずいことになったな」

文兵衛が苦笑した。

「では、私はそろそろ」

それから、しばらくして、いつものように一足先に栄次郎は席を立った。

栄次郎は『久もと』を出た。

文兵衛は駕籠で来ているのだ。どうせ、いっしょに引き上げても、門を出たところで別れることになる。

小まきが栄次郎の傍で、

「私、栄次郎さまとなら、何もかも捨ててもいいわ」

と、甘い声を出した。さっきの文兵衛の言葉を指しているのだ。

「それは……」

栄次郎はあわてた。

「それが栄次郎さまのいけないとこ。御前さまもおっしゃったでしょう。何もかも捨ててひとりの女子に夢中になりなさいな」

「そうですが……」

栄次郎が返答に困っていると、土を蹴る音がし、数人の男が門前を走って行った。

その中に、岡っ引きらしい尻端折《はしょ》りの男がいた。

「何かあったのでしょうか」

小まきが不安そうに男たちが走って行った方角を見ていた。

そこから、『久もと』の屋号の入った半纏《はんてん》を着た小柄な年寄りが小走りにやって来た。下働きの留吉《とめきち》だった。

「留さん、何かあったのかえ」

小まきが声をかけた。

「あっ、姐さん。殺しですぜ」

留吉が泡を吹いたように口を開けた。

「まあ、恐ろしいこと」

留吉は栄次郎に会釈をしてから、

「それが、殺されたのは、大伝馬町の『木曾屋』の旦那のようです」

「木曾屋さんが」

「『木曾屋』とは、材木問屋の『木曾屋』さんか」

栄次郎は大伝馬町にある大きな材木問屋を思い出してきいた。

「そうです。あそこの旦那です。辻斬りか、物盗りか、まだわからねえそうです」

「物騒だな」

栄次郎は嘆息をもらした。

木曾屋には家族がいるのだ。家族の嘆きはいかばかりであろうと、栄次郎はやりきれなかった。

「では、御前を頼みましたよ」

「はい。栄次郎さま。気をつけて」

「ああ、だいじょうぶだ」

小まきに見送られながら、栄次郎は元柳橋を渡った。そして、足早に両国広小路に向かいかけたとき、着流しに羽織の同心が向かい側から走って来た。

擦れ違いざま、その同心がちらっと栄次郎に顔を向けた。そのまま走り去ったが、菅井伝四郎《すがいでんしろう》という同心だとわかった。

それから、栄次郎が本郷の屋敷に帰ると、母が起きていた。だが、今夜は岩井文兵衛といっしょだったという大義名分があるので、栄次郎は堂々と振る舞うことが出来た。

「栄次郎どの。こちらへ」

母が厳しい顔で、居間に入って行った。

栄次郎はかしこまって、母と差し向かいになった。背筋を伸ばし、凛とした母には威厳があった。

「栄次郎。旅に出ると聞きましたが、それはまことですか」

あっと、栄次郎は意表を突かれた思いだった。まさか、そのことが母の耳に入っているとは思わなかったのだ。

「はい。まことです」

「直参《じきさん》たる者、一朝事が生じた場合、すぐに駆けつけられるようにしておかねばなりませぬ。それを承知で、江戸を留守にしなければならないのですか」

「は、はい」

なんと言い訳をしようかと迷っていると、母が意外なことを言った。

「まあ、これは栄之進の頼みでもあるし、今回はいたしかたありませぬが」

「えっ、兄上が？」

「そうです。私は、三味線のほうの仕事で行くのではないかと思ったのですが、栄之進が私の代わりなんですと言うので」

母は武士が遊芸に勤《いそ》しむことに反対している。杵屋吉栄という名取り名をもらうまで、栄次郎は三味線を習っていることを、母には言えずにいたのだ。

「浄瑠璃だなんて。そんなことはありませぬ」

栄次郎は冷や汗をかきながら嘘をついた。

「栄之進は御徒目付の役についたばかり。なにかと苦労があるようですが、そなたが助けてやることはよいでしょう」

母の雲行きが変わってきた。

「はい」

「しっかりと兄を助けてやってくだされ。よいな」

「はい。わかりました。じつは、御前さまからも勧められまして」

「御前さまも知っているのか」

「はい。今夜、その話をしたところ、若いうちに外のことを知っておくことは、よいことだと仰ってくださいました」

栄次郎はちょっぴり心苦しかった。

「わかりました。もう、よろしいですよ」

「はい。失礼します」

居間を出て、自分の部屋に入ろうとすると、兄が呼んでいた。

栄次郎は兄の部屋に入った。

「すまぬ。つい、母上に問い詰められて」

「いえ。それより、兄上にご迷惑をおかけしたようで」

「いや。そんなことはない」

兄は明るい顔で、

「上役に話した。ちょっと不機嫌そうだったが、まあ、なんとか聞き入れてくれると思う。もう少し待ってくれ」

「わかりました。いろいろ申し訳ありません」

「それより、そなたに頼みがあるのだ」

「もちろん、なんでもお言いつけください」

母が言っていたことだ。兄を助けてやれと。てっきり仕事のことでの手助けかと思っていると、どうやら違うようだった。

「御徒目付の任について、これからいろいろ仕事を教えてもらわねばならぬ。そこで、上役や朋輩《ほうばい》にいろいろ気を使わねばならぬのだ」

そこまで言って、兄は顔をしかめた。

栄次郎はなんだかわからない。

武士の世界の悪い風習だと、兄は嘆いた。

新参者は古参者に仕事を教えてもらわねばならない。教えを乞うにも、付け届けをしないと意地悪される。いろいろ金と気を使う。また、古参者に連れられ関係する係の上役へ挨拶に行く際にも上役への贈り物も必要となる。

「そんなことまでするのですか」

栄次郎は呆れ返ったが、兄はさらに憂鬱そうに言う。

「それだけじゃない。朋輩たちに一席設けなければならぬのだ」

「一席？」

「呑ませてやるのだ。もちろん、芸妓を呼んでだ」

栄次郎は開いた口がふさがらなかった。

「栄次郎。そんな顔をするな。これが武士の勤めというものだ」

「くだらない」

やっと、栄次郎は呟いた。

「仕方のないことだ」

「そんな悪弊は打ち破ったらいかがですか」

「長年の風習だ。誰が決めたわけでもない。自分たちがそうしてきたのだ。仕方ないさ」

だから武士の世界はいやなのだと思ったが、すぐに思い出したことがあった。

それは栄次郎が名取り名をとったときのことだった。師匠に、それ相当の謝礼をし、他の弟子たちには菓子折りを渡した。

ひょっとしたら、同じことかと思ったが、武士の世界のほうが質《たち》が悪い。しかし、栄次郎は兄の憂鬱そうな顔を見て、仕方ないと思った。

「兄上。お役所のひとたちをお招きするなら、いい料理屋を紹介しますよ」

栄次郎は兄の気を引き立てるように言った。

「うむ。頼む」

やっと兄が笑みを浮かべた。

そのとき、鐘が鳴った。

「いけない。こんな時間か。さあ、寝るとしよう」

兄は悩みが解消されたように晴々とした表情で自分の部屋に引き上げた。

どうやら、これで何の心置きなく三島に行かれそうだと、栄次郎もまたほっとした気持ちになった。

三

翌朝、暗いうちから庭に出て、栄次郎は薪小屋の横にある枝垂《しだ》れ柳に向かう。

その柳の前に立ち、腰に刀を差し、膝を曲げ、居合腰で構えた。

栄次郎は子どもの頃から、田宮流居合を習っており、二十歳を過ぎた頃には師範にもまさる技量を身につけていた。

左手で鯉口《こいぐち》を切り、右手を柄《つか》に添える。柳の葉が微かに揺れた瞬間、右足を踏み込み、伸び上がりながら抜刀する。

風を切る音。切っ先は葉から一寸にも満たない位置でぴたっと止まった。栄次郎は頭上で刀をまわして、刀を鞘に納める。

今度は目を閉じて居合腰に構える。微かな葉音に体が反応し、刀が鞘走る。栄次郎は抜いた刀を葉先一寸で止めた。

が、目を開けた栄次郎は、半分に切れた葉がゆらりと風に舞って地に落ちるのを見て、落胆した。

己の技量のいたらなさを素直に反省し、再び目を開けて、居合の稽古をする。

何度も繰り返し、半刻（一時間）近く汗をかいて、ようやく栄次郎は素振りを終えた。

だが、柳の前から離れがたく、しばらくその前に佇んでいた。

「栄次郎。どうした？」

背後から、兄の声がした。

「この柳とも、もうすぐお別れかと思うと……」

「そうだの。この屋敷にはいろいろな思い出があるからな」

兄もしんみり言う。

「新しいお役に就くということは、何かと不便なものだ」

「いえ、兄上が出世した証です。それを思えば、屋敷替えなどどうということもありません。私が悪うございました。ちょっと女々《めめ》しくなっておりました」

「いや。母上とて、顔には出さないが、なかなか気持ちの整理もつかないようだ」

亡き父との思い出がいっぱい詰まっているのだ。

「さあ、飯にしよう」

兄は先に厨《くりや》の隣りの部屋に向かった。


その日、栄次郎は朝四つ（十時）に、屋敷を出た。

いつものように湯島の切通しから下谷を抜けたが、きょうは鳥越に向かうのではなく、大川を目指した。

黒船町に、以前に栄次郎の屋敷に女中奉公をしていたお秋《あき》の家がある。屋敷にいた頃は、地味でおとなしい女だったが、数年前に再会したとき、すっかり垢抜けて、妖艶な年増《としま》に変わっていた。

それから、栄次郎はお秋の家の二階の一間を借りるようになった。屋敷では三味線の稽古が出来ないので、稽古の出来る場所を探していたところだったのだ。

栄次郎がお秋の家に行くと、同心の菅井伝四郎が来ていて、お秋が相手をしていた。お秋に対して、伝四郎が妙にへりくだったような態度なのは、お秋が同心支配掛かりの与力崎田孫兵衛《さきたまごべえ》の妾だからだ。もっとも、伝四郎は妾ではなく、妹だと思い込んでいる。

「あら、栄次郎さん」

お秋が栄次郎に気づいて、声を上げた。伝四郎と向き合っているときとは一変して、お秋の表情は晴れやかになり、色気たっぷりの眼差しを向けた。

伝四郎は振り向いて、

「待っていた」

と、横柄な態度で言った。

「なんでしょう」

栄次郎は屈託のない顔を向けた。

「あまり、栄次郎さんをいじめると、兄さんに言いつけますよ」

お秋が脅すと、伝四郎はあわてて、

「とんでもない。私はただ話を聞きに来ただけですので」

と、強面《こわもて》の同心と思えぬ気弱そうな声を出した。

「ひょっとして、昨夜のことですか」

栄次郎は伝四郎とすれ違ったことを思い出した。

「そうだ。昨夜、薬研堀で、大伝馬町の材木問屋『木曾屋』の主人が斬られた。胴を鋭く斬られ絶命していた。小太刀だろう。かなりの腕前だ」

「木曾屋さんは、どこかの帰りだったのですか」

「『伊那屋』という船宿にいたそうだ」

「木曾屋さんはひとりだったんですか」

お秋が横からきいた。

「ひとりだった。『伊那屋』の女将《おかみ》の話では、誰かと待ち合わせていたようだという」

「誰かとは？」

「わからない」

「木曾屋さんは、その船宿にはいつも行くんですか」

栄次郎がきく。

「そうだ。いつもなら、芸者を呼ぶこともあったらしいが、昨夜はひとりで酒を呑んでいたそうだ。どこか、そわそわした様子だったという」

「待ち人は女かもしれないわ」

お秋が口をはさむ。

「で、相手はやって来たのですか」

「いや。どうやら相手にすっぽかされたのか、木曾屋は急に引き上げて行ったそうだ」

「じゃあ、機嫌悪そうに?」

再び、お秋が口をはさむ。

「いや、そうでもなかったらしい。急用を思い出したと、女将に言って出た」

「急用ですか。で、そのあと、殺されたのですね」

木曾屋が引き上げるきっかけになったものが何か、栄次郎は気になった。

「堀に近い暗がりで、死んでいた。なぜ、木曾屋は船宿を出てからそんな暗い場所に行ったのか」

そこまで言ってから、伝四郎は急に思い出したように、

「矢内どのは、昨夜、どこにおられたのだ?」

と、険《けわ》しい目つきをした。

「『久もと』です」

栄次郎は正直に答える。

「あら、旦那。どうして栄次郎さんにそんなことをきくんですか。まさか、栄次郎さんを疑っているんじゃないでしょうね」

お秋がむっとしたように言う。

「いや、そうじゃない」

伝四郎はたじろぎ、

「木曾屋は常磐津を習っているというのだ。矢内どのも三味線をやられることだし、木曾屋とは顔見知りであろうから何か知っているのではないかと思ってな」

と、苦しい言い訳をした。

伝四郎は栄次郎を疑っているのだろう。

「そうですか。残念ながら、ありませぬ」

「それはまことか」

伝四郎は気負い込んできく。

「はい」

「昨夜は、どなたといっしょだったのか」

「それはご容赦ください」

「なに、誰といっしょだったか言えぬと？」

鬼の首でもとったように、伝四郎はにやりと笑った。

「その御方に迷惑がかかってもいけませぬので」

「なんだか、怪しいな」

「あら。旦那。それが意地悪だと言うんですよ」

お秋が口をはさむ。

「いや。私はそんなつもりではありませぬ。ただ、矢内どのがお答え出来ないということが怪しいことで」

「わかりました。もし、私が『久もと』にいつまでいたかどうか、そこの女将なり、女中にきけばわかること。それをせずに、誰と会っていたか言えというなら、申し上げましょう。ただし、菅井さん。もし、相手の御方の名を出したら、場合によってはあなたも傷を負うことになるかもしれませぬ。いや、あなただけに止まればよろしいでしょうが、お秋さんの兄上の崎田さまにもご迷惑が……」

十分に脅しておいてから、栄次郎は続けた。

「それでも構わぬと言うなら、お話ししましょう。その御方は……」

「待て。わかった。それには及ばぬ」

伝四郎はあわてて言い、

「それより、誰か怪しい人間を見かけなかったか」

と、とってつけたようにきいた。

「いえ。もう、よろしいですか。ちょっと稽古をしなければなりませんので」

栄次郎はいささか疲れてきた。

「わかった。また、お尋ねに上がるかもしれぬが」

「はい。いつでもどうぞ」

栄次郎はさわやかな笑顔を向けた。

伝四郎はお秋に顔を向け、

「邪魔をした」

と言い、戸口に向かった。

「ふん、武士のくせに三味線とは」

敷居をまたぐとき、伝四郎は小さく吐き捨てた。

栄次郎は苦笑した。

よほど、武士が芸人の真似をすることが気に入らないらしい。

「ほんとうに、いやな野郎」

「内儀さん。お塩を撒いておきましょうか」

女中がお秋にきいた。

「ああ、たんとだよ」

その声を聞きながら、栄次郎は梯子段《はしご》を上がり、二階の小部屋に向かった。

窓から大川が望め、右手に厩《うまや》の渡し場が見える。今も、まさに渡し船が出たところだった。

刀掛けに刀をかけ、栄次郎は代わりに三味線を手にした。

『伊豆屋』の別邸で行われる素人芝居。そこで、栄次郎は河東節の『助六所縁江戸桜』を弾くのだ。

素人芝居とはいえ、江戸から市川団十郎門下の者を指導に呼んだりして、その規模や技量はなかなかのものだという。

当日は、代官をはじめ、三島宿のみならず、近在の主立った者たちを招待してのお披露目であり、かなり大々的なものらしい。

糸を本調子に整えていると、ふいにきのう遠音に聞いた三味の音とやるせないような美しい唄声が耳元に蘇った。

心に迫る声だった、と栄次郎はしばし、目を閉じた。

その思いを振り払い、栄次郎は撥《ばち》を振り下ろした。

春霞　立てるや何処み吉野の　山口三浦うらうらと
うら若草や初花に　和らぐ土手を誰が言ふて

自ら唄いながら、三味線を弾く。

江戸半太夫《えどはんだゆう》が創始した半太夫節を元に、江戸半太夫の弟子の江戸河東が一寸見河東の名で作ったのが河東節である。だが、やがて、豊後節《ぶんごぶし》や常磐津節に押され、人気を失っていったのだ。

だが、江戸生まれの節はいなせで、『助六』にはぴったりだと、栄次郎は改めて思うのだった。

何度か弾いているうちに、三の糸がぷつんと音を立てて切れた。

三の糸は細いので、切れることはよくある。それなのに、きょうは糸が切れた瞬間、はっとした。

糸が切れる間際、思いがけなく、きのうの門付け芸人の唄声が耳に聞こえたのだ。

もちろん幻聴だ。だが、そのあとで、糸が切れた。

新しい糸を巻きつけながら、ふと栄次郎は胸の中に暗い翳が射すのを意識した。胸騒ぎだ。なぜだろうか、と栄次郎は自分の心のありように困惑を覚えた。

四

その夜、栄次郎は薬研堀に来ていた。半分以上は埋め立てられた堀の前を行き過ぎ、大川端に出る。

船宿や料理屋の明かりが艶《なまめ》かしく灯《とも》っている。左褄《ひだりづま》をとった芸者が料理屋の門に入って行った。

船宿は二階屋で、二階が客間で階下は家の者や奉公人がいる。

船宿の前を通り、元柳橋を渡る。

月がようやく上がってきた。三味の音が聞こえてくるが、あの音締めではない。あれは、料理屋で芸者の弾く糸の音だった。

栄次郎は、あの唄声の門付け芸人に会いたいと思った。そして、じっくり唄を聞いてみたい。そう思って、薬研堀周辺を一刻（二時間）以上歩きまわったが、ついぞ、昨夜の芸人にはめぐり会えなかった。

五つ（八時）をまわり、諦めて、広小路のほうに向かって歩きだしたとき、いきなり前を塞ぐように現れた侍がいた。

「あっ、菅井さん」

同心の菅井伝四郎だった。

「矢内どの。こんなところで、何をしておる？」

「困りましたね」

栄次郎はほんとうに困った顔をした。伝四郎にあらぬ疑いをかけられそうになった。

「何か困ったようだが」

皮肉そうな笑みを浮かべて、伝四郎は迫る。

「わかりました。おわかりいただけるかどうかわかりませんが、門付け芸人を待っているのです」

「なに、門付け芸人？」

「ええ。乙な美しい声でしてね。心が震えるほどの声なんです。ぜひ、目の前で、唄を聞いてみたいと思ったのです」

夜目にも疑わしそうな表情を浮かべ、

「どうも、うまい言い訳とは思えぬが」

と、いたぶるようにきく。

「ですから、おわかりいただけるかどうかわからないと申したのです」

「矢内どのは、木曾屋の弔問に行っていないようだが」

「面識はありませんので」

「はて。木曾屋も浄瑠璃の稽古をしているが」

「師匠が違います。私の師匠は杵屋吉右衛門です。木曾屋さんは、常磐津の師匠じゃありませんか」

「それでも、何かの折りにはいっしょになるのではないのか」

「いえ、そのようなことはありません」

「そうかな」

まだ、疑わしげな顔をしている。

「菅井さんは、なぜ、ここに？」

「昨夜の殺しがあったと同じ時刻に、この辺りを通りがかった者から話を聞くためだ。何か手掛かりになる話もあるかもしれないのでな」

向こうのほうに、岡っ引きが横切って行った。

「まだ、下手人の手掛かりは摑めないのですか」

「まだだ。だが、あの木曾屋は……」

伝四郎は言いさした。

「木曾屋さんは何ですか」

「うむ」

じろっと、栄次郎を睨み据えてから、

「木曾屋は商売に限らず、なにかと強引な男で、敵もかなり多かったようだ。まあ、辻斬り、物盗りではないな」

と、素直に話した。

「下手人は侍だということですが」

「うむ。手練《てだれ》の浪人に殺しを頼んだということもあり得る。恨みとみていいだろう」

「木曾屋さんが誰を待っていたのか、まだわからないのですか」

「家人も知らないという。誰も知らないようだ。何を思い出して、急に船宿を出て行ったのか」

伝四郎は小首を傾げた。

なかなか伝四郎は解き放ってくれそうもないので、

「じゃあ、私はこれで」

と、栄次郎は強引に言った。

「また、どこかで会うかもしれぬな」

伝四郎は鋭い一瞥をくれた。

立ち去りかけたとき、伝四郎が呼び止めた。

「矢内どの」

「まだ、何か」

栄次郎は振り返った。

「あのお秋という女、ほんとうに崎田孫兵衛さまの妹か」

伝四郎は小声になってきいた。

「えっ、どうしてですか」

「いや。崎田さまに妹御がいたとは聞いたことがなかったのでな。それに、実の妹が、あんなところに住んでいるのも妙だ」

「崎田さまのお父上がどなたかに産ませた子ではないのですか」

「ふうむ」

「今度、崎田さんにきいてみましょうか」

「よせ」

あわてて、伝四郎が言った。


翌日の昼過ぎ、栄次郎が鳥越の師匠の家に行くと、住み込みのおよね婆さんが、

「師匠はまだお帰りではありません。しばらくお待ちください」

と、可愛らしい声で言った。

「どちらかへお出かけでしたか」

「はい。きょうはお弔いだとか」

そうか、師匠は殺された木曾屋とつきあいがあったことを思い出した。

弟子の控えの間となっている部屋に行くと、大工の藤蔵《とうぞう》親方と木綿問屋『生駒屋』の主人、そして横町の隠居が世間話に興じていた。

「吉栄さん、いらっしゃい」

隠居が言う。弟子仲間は、名取り名で呼ぶようになっていた。

「師匠はまだ、お戻りではないようですね」

「そうなんですよ。あたしはもう半刻（一時間）以上待っているので、きょうは諦めて引き上げようかと思っていたところです」

藤蔵親方が苦笑する。

「私も、そう時間がないので、また出直そうと思っていたところです」

木綿問屋『生駒屋』の主人が煙管の雁首を灰吹に叩いた。

「あたしはどうせ暇ですからね」

隠居は涼しい顔で言う。

「はい、吉栄さん、どうぞ」

婆さんが茶を持って来てくれた。

「ありがとう、およねさん」

「そうそう、吉栄さん、今度は三島に行くそうじゃありませんか」

隠居が思い出したようにきいた。

「ええ。吉太郎さんが行けないので、その代わりです」

「そういえば、最近吉太郎さんをお見受けしませぬが」

吉太郎こと坂本東次郎は旗本の次男坊であり、屋敷のほうで何かと煩わしいことがあるのかもしれない。

そこに格子戸が開いて、新八がやって来た。

「これは、皆さん、お揃いで」

新八が皆を見回して驚いた。

「師匠は、まだ戻って来ませんよ」

生駒屋の主人が言う。

「そうですかえ」

婆さんが新八の茶を運んで来た。

師匠がいないので、婆さんなりに気を使っているのだ。

それから間もなく、師匠が帰って来た。

「皆さん、お待たせして申し訳ありません」

「いえ。師匠こそ、ごくろうさまでした」

生駒屋が如才なく言う。

師匠がすぐに着替えを済ませ、見台の前に座った。

やがて、音締めの音が聞こえて来て、

「さあ、どうぞ」

という師匠の声に、大工の藤蔵が立ち上がった。

「じゃあ、お先に」

藤蔵は隣りの稽古場になっている部屋の敷居をまたいで行った。

それから半刻ちょっと経って、ようやく栄次郎の番になった。

「だいぶお待たせしてしまいました」

師匠が詫びた。

「いえ、お弔いはいかがでしたか」

「亡くなり方が亡くなり方ですからね、皆さん、無念そうでした。会葬者の中に町方の顔もあり、ちょっと物々しい感じでした」

「師匠は木曾屋さんとはおつきあいがあったのですか」

「文字若《もじわか》さんとの縁で、何度かお座敷でごいっしょしたことがあります。さあ、浚いましょうか」

栄次郎も三味線を抱えた。

文字若というのが常磐津の師匠らしい。

新八の稽古が終わるのを待って、栄次郎と新八は連れ立って師匠の家を出た。

夕方七つ（四時）下がりで、陽が斜めに家々の屋根に射している。

いくらも歩かないうちに、新八が言った。

「栄次郎さん。小腹が空きませんか。もし、よかったら、ちょっとおつきあいいただけませんか」

「いいですよ」

栄次郎は新八が何か話したいことがあるのだと感じた。

ふたりが入ったのは、鳥越神社の参道の外れにあるそば屋だった。

「二階、空いているかえ」

新八は小女《こおんな》に訊ねた。

「はい。どうぞ」

梯子段を上がり、二階に行く。

二間続きの部屋に、ばらばらに散らばって客がいた。

窓際の客のいない場所に、ふたりは座った。

「酒をもらおうか。つまみは適当に」

新八は注文してから、

「栄次郎さんと、こうして差し向かいになるのも久しぶりのような気がします」

と、目を細めて言った。

新八は相模の分限者《ぶげんしゃ》の三男坊で、江戸に遊学のためにやって来たと称しているが、実際は盗人である。

あるとき、追手に追われていた新八を助けたことから、栄次郎にその恩義を感じている男だ。

酒が運ばれて来た。

「さあ、栄次郎さん。あっ、そうでしたね」

差し出した銚子を、新八はすぐに引っ込めた。

「すみません。お相手が出来ずに」

栄次郎は申し訳なさそうに言う。

「いえ、とんでもありませんよ。かえって、おつきあいさせちまって申し訳ありません。じゃあ、失礼して」

新八は手酌で呑みはじめた。

「栄次郎さんは、今度三島に行くそうですね」

「ええ。師匠といっしょに」

新八の表情が翳ったような気がした。

「新八さん、何か」

「ええ」

新八は困惑した表情をし、猪口を置いてから、

「怪しい文《ふみ》が届いたそうですね。槍はさびてもその名はさびぬ、昔忘れぬ落差し」

「どうして、それを？」

「じつは、先日、ちょっと仕事をしましてね」

新八は声をひそめた。新八のいう仕事とは盗みのことだ。

「神田橋御門外にある旗本山路三右衛門《やまじさんえもん》の屋敷です。その屋敷の屋根裏で、妙なやりとりを耳にしたんです」

「三島とかかわりが？」

「ええ。どうやら、客は『伊豆屋』の番頭のようでした」

「『伊豆屋』？　今度、素人芝居をする『伊豆屋』さんですか」

「どうも、そのようで。で、番頭が、当日は山路さまにもお越しいただくことになっていたのに、主人も残念がっていると言ったあとで、山路三右衛門が、そのうちに行かせてもらう。沼田次郎兵衛のことなら、向こうの代官所によく警戒するように言ってあるから心配するなと」

「沼田次郎兵衛ですか」

「ええ。そのとき、さっきの文句を口にしたのです。こしゃくな真似をしおってと」

「そうですか。じつは、その件は音兵衛さんから聞いていました」

「そうだったのですか。私は『伊豆屋』の名が出たんで、栄次郎さんが向こうで変なことに巻き込まれてもいけないと、すぐに栄次郎さんに知らせなきゃと思ったものですから。そうですか、ご存じでしたか」

新八はがっかりしたように言った。

「いいえ。話していただいてよかったですよ。それに、その旗本の山路三右衛門どののことまでは聞いていませんでしたから。山路どのは伊豆屋とは親しい間柄のようですね」

「ええ。かなり」

「山路三右衛門はどんな感じのひとですか」

「四十過ぎぐらいでしょうか。門構えは五百石ぐらいの格式です」

「それにしても妙ですね。旗本と三島宿の伊豆屋とどういう関係なのか」

「そうですね」

だんだん、客が増えてきた。

新八は小女を呼び、そばを持って来るように言った。

そば屋を出たときにはすっかり暗くなっていた。

「三島に出かける前までに、もう一度、山路三右衛門の屋敷に忍んでみますよ」

新八が言う。

「危ない真似はやめてください。それに、私は幸田屋さんの家に泊めていただくのですから、伊豆屋さんで何が起ころうと、私にはかかわりないと思いますから」

「そうですねえ」

新八といっしょに蔵前通りに向かったので、新八が訝《いぶか》しげにきいた。

「これからお秋さんの家ですかえ」

「いえ。薬研堀をぶらぶらするんです」

「薬研堀をぶらつくんですかえ。何かあったんですかえ」

「じつは、一昨日の夜、『久もと』の座敷にいたら、胸が締めつけられるようななんとも言えぬよい声が聞こえたんです。その門付け芸人に会いたいんです。きのうも歩いたんですが、出会えませんでした」

「へえ、栄次郎さんが感心するんだから、そうとうなものですね。私も聞いてみたくなりやした」

「ええ。ぜひ」

「私もいっしょにぶらつきたいんですが、あいにくちと野暮用がありまして」

「いいひとですね」

新八は女に会いに行くのだと思った。

「いえ、そんなんじゃありませんよ」

蔵前通りから浅草御門を抜けたところで、栄次郎は新八と別れた。

柳橋の辺りには船宿が多い。ここは船の便がよく、吉原遊び、花見、月見、雪見の客も、皆ここから船に乗って行く。

広小路を突っ切り、両国橋の袂を通り、栄次郎は薬研堀にやって来た。

歩きまわってから、元柳橋の河岸に出た。船宿からふたりの芸者を連れた商家の旦那ふうの男が屋根船に乗り込んだ。

しばらく、辺りに佇んでいたが、やはりあの唄声を耳にすることはなかった。

『久もと』の前にやって来たとき、岩井文兵衛が贔屓にしている年増芸者と出会った。

「あら、栄次郎さま」

「ああ、あなたは……」

「どうしたんですか。こんなところに」

「いえ。ちょっと、こっちのほうに野暮用があって」

栄次郎は曖昧に答えた。

「また、御前さまといらっしゃってくださいな」

「御前は、あれからはまだ？」

「ええ。栄次郎さま。おひとりでもどうぞ。あの妓も、栄次郎さまの来るのを首を長くして待っているんですよ」

栄次郎は小まきの顔を思い描いた。

「わかりました」

私のような部屋住の身分では敷居が高すぎますとは言えず、栄次郎は心ならずも調子のよい返事をした。

「必ずですよ」

「はい」

向こうのほうから、姐さんと呼ぶ声に、やっと芸者は去って行った。

五つ（八時）を過ぎ、栄次郎は諦めて薬研堀をあとにした。

郡代屋敷の脇を通り、柳原通りを行く。月影は明るく、夜道に提灯は不要だった。

だが、月明かりの射さない場所は漆黒の闇だった。

柳原の土手下に古着屋の葦簾《よしず》張りの小屋が並んでいる。

途中、和泉橋を渡り、御徒町を抜けて下谷広小路に差しかかった。そのとき、はっと栄次郎は立ち止まった。そして、耳を澄ました。

秋の夜は
長いものとはまん丸な
月見ぬひとの心かも
更けて待てども来ぬひとの……

この声だ、と栄次郎は胸を躍らせた。

声がどこから聞こえてくるのか。風に舞っているような気がする。だが、不忍池のほうだと、駆けだした。

池の辺《ほとり》には料理屋が連なって建っており、賑わいを見せている。

だが、そこにやって来たとき、唄声は聞こえなくなっていた。目の前にあった楊弓場に飛び込み、客ではないと断ってから、

「門付け芸人が流していかなかったか」

と、白粉《おしろい》を塗りたくった矢場女に訊ねた。

「さあ。知りませんねえ。それより、遊んでいかない」

客ではないと断ったのだが、女は色目を使ってきた。

「いえ。失礼しました」

栄次郎は外に逃げて、その界隈を歩きまわってから数寄屋町や同朋町を探して湯島天神下に向かった。

湯島は芳町に次いで陰間《かげま》茶屋で有名である。その界隈まで歩きまわったが、ついに再び唄声を聞くことはなかった。

栄次郎は落胆して組屋敷に帰った。

台所で、水瓶の水を杓《ひしゃく》ですくって飲んでいると、背後にひとの気配がした。栄次郎はそっと振り向いた。

母が去って行くところだった。毎晩、帰りが遅いことを無言で責めているのだと、栄次郎は身をすくめた。

五

翌朝。いつものように、庭の柳を相手に居合の稽古をしてから、朝食の膳についた。

炊きたての飯に味噌汁に漬け物。そして、煮豆がついている。飯をほおばるも、母の視線がなんとも窮屈だった。

やっと、食事を終えて部屋に戻ると、追いかけるように兄栄之進がやって来た。

「栄次郎。正式に許しが出たぞ」

「旅のですか」

「うむ。どういうわけか、最初は渋っていた上役が急に態度を変えたのだ」

まさか、岩井文兵衛が……。きっと、手をまわしてくれたのだと思った。

大御所とは縁を切り、一介の御家人の部屋住として何ものにも束縛されずに、自由に生きたい。ゆくゆくは武士を捨ててもいいとさえ思っているのだ。

それなのに、常に大御所の目に見えぬ力を頼っている。そのことに、忸怩《じくじ》たる思いがするのだ。

「どうした、うれしくないのか」

「いえ、安堵しました」

「うむ。ただ、条件がつけられた」

兄の表情が曇った。

「どんな条件ですか」

「わしの名代として行く。つまり、御徒目付の命を受けて行くということだ」

「はあ。どんなお役目でしょうか」

「なあに、たいしたことではない」

兄は居住まいを正してから、

「三島宿の料理屋『玉木屋』の様子をそれとなく見てきてくれればよい。いや、近所の評判とか、どんな人間が出入りをしているとか、そんなことをだ。まあ、堅苦しく考える必要はない」

と、話した。

きのう新八から聞いた旗本山路三右衛門の話を思い出した。

「『玉木屋』ですか。『玉木屋』に何が」

「いや。堅苦しく考える必要はない。手形が届き次第、そなたに渡す」

兄は立ち上がって言った。

「ありがとうございました」

「うむ。気をつけて行って来るのだ」

気難しそうな顔の裏に、兄はやさしさを秘めている。

兄が出て行ってから、栄次郎は与えられた使命について考えた。それが、栄次郎を三島に行かせるための口実だったのか、ほんとうに『玉木屋』に何らかの疑いがあるのか。

しばらくして、今度は母がやって来た。

「母上。私がお伺いしましたものを」

「いえ、構いません」

部屋の中に入って、栄次郎の前に座った。

「栄次郎。三島行きのこと、ごくろうですが、よろしく頼みましたよ」

あっと、栄次郎は思った。

やはり、これは岩井文兵衛が考え出したことに違いない。

「栄之進がはじめてのお役目を、ぜひ栄次郎どのに手伝ってもらってうまくいくようにしたい」

そう文兵衛は、母を説得したのではないか。

「わかりました。兄上のためにもしっかりやって来ます」

栄次郎は話を合わせた。

「頼みましたよ」

母がどの程度のことまで聞かされているかわからないが、栄次郎はそのことにあえて触れようとしなかった。

栄次郎は四つ（十時）に屋敷を出た。

兄はそれよりだいぶ前に出仕していた。兄は昼番で、御徒目付が事務を執る『当番所』に詰め、御目付の命令により、文書の処理をするのだという。

きょうはどんよりした空模様だった。肌寒い。初冬の気配が漂っていた。

いつものように加賀家の屋敷の横を通り、湯島切通しの坂を下って行くと、すれ違った職人体の男ふたりの話し声が耳に飛び込んだ。

「物騒だな。辻斬りか」

「金はとられていないようだが」

栄次郎は何か胸騒ぎがした。

「待ってください」

栄次郎は職人を呼び止めた。

「へい」

同じような背格好の職人が振り向いた。

「今、辻斬りとか話していましたね。何かあったのですか」

「茅町二丁目の不忍池の傍で、ひとが斬り殺されていたんですよ。どうやら、やられたのは昨夜だそうです」

栄次郎は、あの唄声を聞いたような気がした。

「死体は今朝見つかったんです」

もうひとりの職人が付け加えた。

「かたじけない」

礼を言い、栄次郎は不忍池に急いだ。

茅町二丁目は弁天島の裏手のほうに当たる。その先を行けば、根津だ。

栄次郎がそこに駆けつけると、人だかりの中に同心の菅井伝四郎がいた。縄張り違いのはずだ。

「菅井さん」

栄次郎は声をかけた。

「また、殺しだそうですね」

「どうして、矢内どのがここに?」

たちまち、険しい顔をした。

「近くを通りかかったら、殺しがあったと聞いてやって来たのです。菅井さんが、ここにいらっしゃるのは、同じ下手人の可能性があるのですね」

「矢内どのには関係あるまい」

「そうでしょうが、薬研堀の件では私も疑われたことですし」

厭味を言うと、伝四郎は顔をしかめた。

「で、殺されたのは誰なのですか」

「神田明神下にある研屋久兵衛《とぎやきゆうべえ》という男だ。甲冑《かっちゅう》刀剣類も扱っている店だ。久兵衛も同じように胴を斬られていた」

「やはり、小太刀で?」

「おそらく、そうであろう」

「で、久兵衛と木曾屋のつながりは?」

「これからだ」

「ひょっとして、久兵衛も常磐津の文字若の弟子だったかもしれませんね」

「なぜ、そう思うのだ?」

「いえ、なんとなく」

門付け芸人の唄声がまたも蘇った。

偶然なのか。薬研堀でもあの唄を聞いた夜に木曾屋が殺され、昨夜も不忍池のほうから唄声を聞いたのだ。

しかし、そのことは黙っていた。

「お邪魔しました」

町方の者が戸板に死体を載せて片づけているところだった。

いったん近くの自身番に運び、それから久兵衛の身内に引き渡すのだろう。

目を閉じ、手を合わせて、栄次郎は骸《むくろ》と化した久兵衛を見送った。

再び、栄次郎は黒船町に向かって歩きだした。

あの唄声の主と事件の関わり合いが気になってならない。それは、岩井文兵衛の言葉があるからだ。

秋の夜は
長いものとはまん丸な
月見ぬひとの心かも
更けて待てども来ぬひとの
訪ずるものは鐘ばかり
数うる指も寝つ起きつ

わしや照らされているわいな

栄次郎が待ち人の来ない切なさが心に響いてくると言うと、芸者が、兄と妹で流していると言ったのだ。

すると、文兵衛がしみじみとした声で、

「何か心を揺さぶるものがある。若い女のようだが、どうして若い身空であんな声が出るのか」

と、衝撃を受けたように言った。

だが、そのあとで、文兵衛はこう話したのだ。

「佐渡に流された江戸の男が望郷の念で作ったという説がある。待ち人とは、恩赦のことだと。単なる想い人を待つというより、不遇の身を切々と訴える嘆きに思える。おそらく、あの唄声の主は、身内にそのような者がいたのかもしれぬ」

文兵衛の言葉が胸に響いた。

兄と妹だという。あの兄妹には深い事情があるのではないか。だが、それが殺しと結びつくとは思えない。いや、思いたくないのだ。

蔵前通りを渡り、黒船町にやって来た。

お秋の家で、三味線の稽古をしていると、いきなり障子が開いて、おゆうが入って来た。少し血走った目をしている。

栄次郎は驚いて三味線を脇にどけた。

「おゆうさん、どうしたんですか」

「ほんとうなんですか。栄次郎さんが三島に行くというのは」

栄次郎の前にしゃがんで訴えるようにきいた。

「ええ。それが」

「いやです」

「どうしたのかな、おゆうさんは」

「だって、栄次郎さんが江戸を離れるのはいやなんです」

「離れるといっても、十日足らずだ」

栄次郎は苦笑して言う。

「私、変な夢を見たんです。だから、行かないで欲しいんです」

「まさか、私の身に危険が及ぶとでも」

「いえ。でも、それに近いかも」

おゆうが形のよい眉を寄せた。

「明け方、栄次郎さんが旅先で蛇に襲われる夢を見たんです。変な夢だと思っていたんですけど、さっきお稽古に行ったら、お師匠さんから栄次郎さんが三島に旅するって聞いたでしょう。驚いて、すぐ飛んで来てしまったのです」

「おかしなひとだ」

栄次郎は呆れた。

「だって、夢でしょう」

「でも、栄次郎さんが旅に出るなんて知らないのに、あんな夢を見たんですよ。不思議じゃありませんこと」

少しきっとなって、おゆうが言った。

たかが、夢ごときでこれほど躍起になるおゆうが、栄次郎には不思議でならなかった。

二十四歳にもなりながら、女の苦労も知らない栄次郎にはわからないことだったのだ。

「おゆうさん。お稽古の途中だったんじゃないのかな」

栄次郎が言うと、おゆうは飛び上がるように立ち上がり、

「いけない。栄次郎さん。また、来ます」

と言い、あわただしく部屋を出て、梯子段を下りて行った。

蛇か……。栄次郎は立ち上がり、窓辺に寄った。西の空が暗くなっていた。

廊下に、お秋の声が聞こえた。

また、客らしい。お秋は二階の二間を逢い引きの男女のために貸し与えている。客のほうは与力の妹だと思っているので、何かあっても大丈夫だろうと安心して借りるのだ。

客を部屋に通したあと、お秋がこの部屋に顔を覗かせた。

「栄次郎さん。ごめんなさい。また、お客なんですよ」

「なあに、構いませんよ」

しばらくお秋は栄次郎の相手をしてから部屋を出て行った。

再び、三味線を構えたものの、さっきまでのように派手に撥を叩くのも気が引けて、軽く糸を弾きながら、『助六所縁江戸桜』を浚った。

最初は本調子だが、最後のほうの、
せくなせきゃるな　さよえ　浮世はナ車さよえ

の部分は、三の糸の音を下げた三下がりになる。

そして、再び、本調子になって、最後に向かって弾いていく。

しんぞ命を揚巻の　これ助六が前渡り　風情なりける次第なり

弾き終わり、ふうとため息をついたとき、向こうの部屋からいつもの切なそうな苦しそうな、それでいてどこか艶かしい呻き声が聞こえてきた。

栄次郎は聞くまいとしても、気が散った。

男女というのはあれほどにお互いを貪《むさぼ》り合えるものなのか。栄次郎には不思議だった。

栄次郎は、自分なりの夢を持っている。自分が歳をとったとき、粋で、色気のある男になっていることだ。浄瑠璃を習いはじめたのも、そういう理由があった。

あるところで、きりりとした渋い男を見かけた。決していい男ではないのに、体全体から男の色気が醸《かも》し出されている。その男が浄瑠璃の師匠の杵屋吉右衛門だった。

自分もあのような粋な男になりたい。そう思って、師匠に弟子入りをしたのだ。

これまでに、栄次郎が理想とする色気を持っている男に出会ったのは師匠以外にふたりいる。

ひとりが新内語りの春蝶《しゅんちょう》だ。年寄りなのに、そこはかとなく漂う男の色気。それがどこから出て来るのか。名人と謳《うた》われるほどの新内の腕がそういう雰囲気を醸し出させるのか。いや。それだけではない。

春蝶の生きざまにあるのかもしれない（小社刊『栄次郎江戸暦』）。

もうひとりが、御前さまと呼んでいる岩井文兵衛である。お座敷で、芸者の糸に合わせて、艶のある声を披露する。その姿は、五十前後なのに、男の栄次郎でさえも惚れ惚れとするぐらいだ。

先夜の『久もと』でのことが蘇る。

つい、文兵衛の男の色気に見とれていると、

「どうしました？　私の顔に何かついているのですかな」

「失礼いたしました。どうしたら、御前のような男になれるのだろうと、つい見とれておりました」

「買いかぶらないほうがいいかもしれませんよ。ただ、言えることは……」

文兵衛はにやりと笑い、

「栄次郎どのは真剣に女子を好きになったことがおありですかな。親兄弟との縁を切り、今の身分を捨ててでも、添い遂げたいと思うほどに恋い焦がれた女はあったかどうか」

と、栄次郎の心に斬りかかるようにきいたのだ。

文兵衛に漂う男の色気とは、身も心も焦げつくすほどの思いを女子に寄せた過去が作り上げたのだろうか。

栄次郎はただ一度、この初夏のひとこと、ひょっとした縁で知り合った旗本の娘萩絵に思いを寄せた。そして、ひとりでいるとき、女子を思い、はじめて胸を切なくしたのだ。

しかし、何もかも捨てて萩絵にのめりこもうとはしなかった。

私にはそんなことは出来そうにもない。だったら、春蝶や文兵衛のような男の色気を身につけることは出来ないのか。

栄次郎が嘆息したとき、逢い引きの男女の引き上げて行く気配がした。

　更けて待てども来ぬひとの
訪ずるものは鐘ばかり

ついい、端唄『秋の夜』の一節が口について出た。

自分は、いったい誰を待っているのだろうか。いや、待つひとがいるのだろうか。

あの唄声の主だ。今の自分を虜《とりこ》にしているのは、あの門付け芸人の唄声だと、栄次郎はなぜか急に胸が切なくなった。

第二章　三島宿

一

翌日、栄次郎は団子坂近くにある棟割長屋《むねわり》に、新内語りの音吉《おときち》を訪ねた。

音吉の師匠である春蝶が江戸を離れて以来、ときたま、栄次郎は音吉に頼まれて、新内語りの合方《あいかた》として、町を流したりしていた。

軒の傾《かし》いだ貧しい長屋のとっつきにある音吉の住まいの前に立った。陽は高く上ったが、まだ寝ているかもしれない。

そう思いながら、腰高障子を叩いた。

「音吉さん。栄次郎です」

しばらくして、中からごそごそ物音がした。

心張り棒を外す気配がして、戸が開いた。

「お休みじゃなかったんですか」

「いえ。起きていました」

そうは言ったが、四畳半にふとんが敷いたままだ。やはり、起こしてしまったようだった。

「もう少し、あとにすればよかったですね」

栄次郎はすまなそうに言った。

「いえ。ちょうど起きようとしていたところですから」

音吉は言い繕《つくろ》った。

「栄次郎さん。どうぞ」

音吉はあわててふとんを折り畳み、枕屏風で隠した。

「すぐ引き上げますから」

「なあに、茶ぐらい、いれますよ」

今戸焼きの小振りな火鉢に炭をくべながら言う。

「春蝶さんから便りはありますか」

栄次郎は音吉の顔を見た。

「いえ。それがまったくないんです」

音吉は力のない声で答えた。

春蝶は元は富士松《ふじまつ》春蝶という芸名を持った新内語りだったが、俺の腕は師匠を超えたなどと吹聴するなど、その破天荒な性格が災いし、師匠から破門された。富士松の名を使えず、新内語りの活動の場であった吉原からも締め出された。

今は、また江戸を離れているのだ。

「あっしは、師匠がどこぞで病に臥せっているんじゃねえかと心配で」

音吉が深刻そうな顔で言う。

「伜《せがれ》だって、今さら、師匠のことを父親だとは思いはしませんよ」

一度、加賀に行き、江戸に帰って来た。そのとき、昔捨てた伜と、加賀の山中温泉で会ったという。その伜が呼んでいるので、また行って来るという書置きを残して、姿を消したのだ。

「いや。きっと帰って来ますよ」

栄次郎はなぐさめた。

「音吉さんのほうはいかがですか」

「はい。おかげさまで、贔屓《ひいき》のお客さまも何人か出来ました」

「それはよかったですね。でも、町も流しているのでしょう」

「それは、流しは新内語りにとっては修業の場所ですからね」

「音吉さん。ちょっとおききしたいのですが、端唄の『秋の夜』を唄いながら流している門付け芸人を知りませんか」

「『秋の夜』ですかえ」

「ええ。秋の夜は　長いものとはまん丸な　月見ぬひとの心かも　更けて待てども来ぬひとの……」

栄次郎は鼻唄で披露した。

「いいえ。そういう唄声は聞いちゃいません」

「そうですか。兄妹か夫婦者の芸人なんですが」

「待ってくださいよ。唄声は聞いちゃいませんが、男と女のふたり連れは見かけたことがございます」

「どこで？」

栄次郎は覚えず声が弾んだ。

「下谷広小路を三橋のほうに向かったのを見ています。ふたりとも三味線を抱えていました。男のほうは手拭いを吉原かぶりにし、女のほうは手拭いを頭からかぶっていました」

「山下からどっちへ向かったかですね」

山下に出て、そのまま入谷に向かうか浅草のほうに向かうか。

「で、そのふたりが何か」

「いえ。風に乗って来た唄声を聞いただけなのですが、その声に聞きほれたのです。もう一度、その唄声を聞いてみたいと思いましてね」

それだけではない。偶然か、二度の殺しのときに、『秋の夜』の唄声を聞いたのだ。

「そうですか。では、私も、気をつけておきます」

その後、再び、春蝶の話になったが、頃合いを見計らって、栄次郎は立ち上がった。

「栄次郎さん。また、何かの折りにはお願いいたします」

新内流しの合方のことだ。

「こちらこそ。流して歩くのも楽しいものです」

笑って応じてから、栄次郎は長屋をあとにした。

根津権現の脇から不忍池の辺《ほとり》に出たが、やがて、きのうの死体の発見された茅町二丁目に差しかかった。

殺されたのは、神田明神下の研屋久兵衛という男だった。薬研堀で殺された木曽屋とのつながりが気になる。

気がついたとき、栄次郎は湯島天神の坂下を通り、明神下に向かっていた。

先月に神田明神の祭礼があったばかりだったので、神田囃《ばや》しの響きの中を豪壮な山車《だし》が何台も列を連ねて巡行した光景がふと蘇る。

料理屋が並び、祭りが終わっても、相変わらずひと出が多い。

その中に雨戸を閉ざしている研屋久兵衛の店が見つかった。雨戸には『忌中』の張り紙がしてある。

潜り戸が開いて、中から同心の菅井伝四郎が出て来た。

あっと声を上げたのは、伝四郎のほうだった。

「矢内どの。なぜ、ここに」

伝四郎は怪しんだ。

「いえ。ちょっと……」

栄次郎は言いよどんだ。

「矢内どの。妙ではないか。殺された者の様子を見に来るとは尋常ではござらぬ。しかと説明いただきましょうか」

伝四郎に続いて岡っ引きも出て来ていた。

「きのうも言いましたように、薬研堀でも疑《うたぐ》られ、今度もあなたに疑られている。ならば、自らの身の潔白を晴らそうと、お身内の方から事情をお伺いしようとしたのです」

栄次郎は苦しい言い訳をした。

「それは我らの役目。矢内どのがでしゃばることではありますまい」

伝四郎は口許を歪めて言う。

「それもそうですね。で、久兵衛さんは、木曾屋さんと同じ常磐津の師匠のところに通っていたんですか」

栄次郎は伝四郎の忠告を聞き流してきいた。

「いや。久兵衛はそっちのほうは興味がなかったらしい。もっぱら、囲碁だそうだ」

「囲碁ですか」

「言っておくが、木曾屋は囲碁には興味を持っていない」

「なるほど。ふたりに共通点はないのですね」

「そうだ」

弔問客らしい男がふたり、栄次郎たちの脇を通って潜り戸に入って行った。

「今夜が通夜ですか」

「そうだ」

「久兵衛はいくつなのですか」

「四十二の厄年だ」

「旦那」

岡っ引きが伝四郎の耳許で何か囁いた。

「わかった。すぐ行く」

伝四郎は顔を向けて、

「矢内どの。尻尾を摑まれないようにご用心なされよ」

そう言い残し、伝四郎は岡っ引きとともに湯島天神のほうに走って行った。

栄次郎は研屋久兵衛の家族に話を聞きたいと思ったが、通夜で取り込んでいることを考えて、出直すことにした。

だが、事件のことが気になるので、栄次郎は昌平橋を渡り、大伝馬町に向かった。

材木商『木曾屋』は商家の並ぶ一角にあるが、深川に倉庫があり、材木はそこに置いてある。

栄次郎は家族が出入りをする玄関から訪ね、応対に出て来た女中に、

「私は杵屋吉右衛門師匠の弟子で矢内栄次郎と申します。木曾屋さんにお線香をあげさせていただきたいと思ったのですが」

と、丁重に挨拶をした。

「そうですか。それはわざわざ。ちょっとお待ちください」

女中は奥に引っ込み、代わって内儀ふうの女が出て来た。四十前だろう。

「どうぞ。こちらに」

まだ、悲しみが癒えていないのだろう、内儀は寂しそうな表情で栄次郎を仏間に招じてくれた。

きのうが初七日だったようだ。

線香を手向け、しばらく手を合わせていたが、栄次郎は一礼して仏壇の前から離れた。

内儀が深々と礼を言い、客間に招じた。

そこに茶が用意してあった。

「このたびはとんだご不幸でございました。まだ、下手人はわからないのですか」

「はい。こういう商売をやっていれば、他人さまから恨まれることもあるのでしょうが、うちのひとをそれほど憎んでいる者がいるというのは信じられません」

内儀はまだ涙が乾かないようだった。

「研屋久兵衛さんをご存じでいらっしゃいますか」

「研屋久兵衛さんでございますか。いえ、知りません」

内儀が知らないところで、つきあいがあった可能性はあるが、やはり、つきあいはなかったと考えるべきだろう。

「木曽屋さんは囲碁をなさいますか」

「いえ。もっぱら、常磐津のほうでした。それは熱心でした」

内儀は声を落とした。

「文字若師匠ですね」

「はい」

その師匠とは、どの程度の親しさだったのか知りたいところだったが、内儀には心ない質問になると思い、喉元でその質問を止めた。

「兄妹の門付け芸人を、ご存じではありませんか」

「門付け芸人ですか」

「はい。三味線で端唄を」

「いえ、知りません」

内儀は不思議そうな顔をした。

「お子さまは？」

「息子と娘がおります。幸い、息子があとを継いでくれますので」

「それはよかったですね」

その後、少し当たり障りのない話をしてから、

「あまり長居をしてもいけません。これで失礼いたします」

と、栄次郎は立ち上がった。

そのとき、ふと立派な張り混ぜ屛風が置いてあるのが目に入った。

その屛風に、『藤娘』の大津絵が目立った。

「『藤娘』ですね」

黒地に金糸銀糸色糸の藤の縫模様の着物の娘が塗笠をかぶり、藤の枝を肩にして持っている。

その娘の顔立ちはあどけない中に大胆な色香があり、目がくらむほどの妖艶さだ。

しばし、栄次郎はその顔から目が離せないでいた。

「はい。うちのひとが、これを飾っておくと娘の良縁に恵まれるとか申して、高いものなのに買い求めたのです」

内儀は目を細めた。

大津絵は、琵琶湖の辺の大津の宿場外れで、往来の旅人に売られていた一枚刷りの絵である。

大津絵には、鬼の念仏や瓢簞なまずなどの風刺絵があるが、一番人気があるのは藤娘だ。

じつは、長唄に『藤娘』があり、大津絵の藤娘から題材をとっているので、栄次郎もその知識があったのだ。

もともとは旅人が土産で買って行ったものだが、最近では江戸の絵草子屋でも売られるようになっていた。

「木曾屋さんは、お子さま思いだったのですね」

「はい」

「それでは失礼します」

栄次郎は『木曾屋』の屋敷を辞去した。

ついでだからと、常磐津の文字若師匠を訪ねてみようと思った。

文字若の家は日本橋久松町だと聞いていた。

久松町は浜町堀に面した町で、途中、酒屋の小僧にきいて、文字若の家に向かった。

浜町堀の土手に近いところで、格子戸の脇に、『常磐津指南』の看板がかかっていた。

稽古中かもしれないと思い、耳を澄ました。が、三味線の音は聞こえて来ないので、格子戸を開けた。

「お頼み申します」

栄次郎は奥に向かって呼びかけた。

はあいという声がして、大年増の黄八丈の着物の女が出て来た。

派手な顔だちから、文字若だと、すぐにわかった。

「師匠ですか。私は杵屋吉右衛門の弟子の矢内栄次郎と申します」

「あら、吉右衛門師匠のところの御方？　さあ、どうぞ」

文字若が奥に招じた。

「いえ、すぐおいとましますから」

「いいじゃありませんか。まだ、弟子が来るまで間がありますから」

さっさと奥に引っ込んだので、仕方なく、栄次郎は部屋に上がった。

神棚と縁起棚が向かい合うようにある部屋が稽古場のようだった。壁に、二棹《ふたさお》の三味線がかかっており、茶簞笥の上に羽子板が飾られている。

長火鉢では鉄瓶が湯気を立てていた。

文字若は大作りな顔だちで、受け口の唇が色っぽい。

「さあ、どうぞ」

文字若は茶をいれてくれた。

「すみません」

「どうせ、退屈していたところですから」

文字若は艶かしい目を向けた。

その視線を避けるように、栄次郎は湯飲みに手を伸ばした。

「いただきます」

「確か、杵屋吉栄さんね」

文字若が栄次郎の名取り名を呼んだ。

「ご存じでしたか」

「ええ。吉右衛門師匠から聞いていますよ。武士にしておくのはもったいないと仰っていました」

そう言って、文字若はいたずらっぽく笑った。だんだん、武士の値打ちも落ちていくようだ。

「それは兄弟子の吉太郎さんのことじゃありませんか。私など、まだまだ」

「いいえ、坂本東次郎さんも仰っていましたよ」

「えっ、坂本さんをご存じなのですか」

「ええ、まあ」

ちょっとあわてた感じで、文字若は続けた。

「吉右衛門師匠といっしょのときに、お会いしたことがあります」

「そうでしたか」

なるほどと、栄次郎は文字若の顔を見た。坂本東次郎の好みの顔のように思えたのだ。

「で、あたしに何か」

文字若が栄次郎の目を見つめ返した。

「先日、木曾屋さんが殺されましたね」

「ええ、とても驚きました。木曾屋さんをご存じなのですか」

「はい。でも、直接には知らないのですが……」

栄次郎は曖昧な言い方をして、

「木曾屋さんがあんな目に遭う理由にお心当たりはありませんか」

「いいえ。とんと」

文字若はじっとこっちの目を見つめてくる。その目を見ていると吸い込まれそうになる。この色香に誘われて、男どもは弟子入りをし、熱心に稽古に通うようになるのだろう。

「八丁堀の旦那がやって来て、同じことをきかれたけど、まったくないんですよ」

八丁堀の旦那とは菅井伝四郎のことだろう。

「兄妹の門付け芸人を知りませんか。乙ないい声で端唄を唄うのですが」

「端唄？」

「ええ。『秋の夜』などを唄っています。――秋の夜は　長いものとはまん丸な　月見ぬひとの心かも　更けて待てども来ぬひとの……」

ここでも、栄次郎は詞を口にした。

「そう言えば……」

文字若が小首を傾げた。

「そう、十日ほど前だったかしら。木曾屋さんがお稽古のあと、ふいに耳をそばだてたんです。『どうしましたか』ときいても、真剣な表情で、聞き耳を立てているんです。あたしも耳を澄ましたら、遠音《とうね》に聞こえてきたのが、今の唄。そしたら、突然、木曾屋さんが、『師匠、急用を思い出しましたので』とあわてて帰って行ったんですよ」

事件の夜、木曾屋は料理屋『柳川』にいて、急用を思い出したと言って、あわてて帰って行ったという。同じだ。

やはり、あの唄に誘い出されたのだ。

そのとき、格子戸が開いた。

「お弟子さんがいらっしゃったようですね」

「あら、まだいいじゃありませんか」

「いえ、お稽古のお邪魔をしてはいけませんので」

栄次郎は腰を浮かせた。

「また、来てくださらない。きっとよ」

甘ったるい声で、文字若が言う。

まさか、この声で、坂本東次郎までが虜《とりこ》にされたということはないだろう。

弟子の恰幅のいい商家の旦那ふうの男に会釈をして、栄次郎は文字若の家を出た。

それから、鳥越の師匠の家に向かった。

二

翌日。

朝から雨が降っていた。

縁側から、冷たく降り注ぐ雨を眺めていた。これでは庭に出て柳を相手の素振りは出来なかった。

だが、軒を打つ雨音が、三味線の音のように聞こえ、たちまち門付け芸人の唄声を思い出した。

会いたい。あの芸人に会いたい。そして、唄声を聞きたい。三島に旅立つ前までに見つけられないか。

栄次郎は熱にうかされたようにそのことを思った。

雨の中、いつものように、栄次郎は四つ（十時）に屋敷を出た。

湯島の切通しを下り、下谷広小路を突っ切ると、常なら御徒町のほうに向かうのだが、きょうは足を三橋のほうに向けた。

新内語りの音吉の話では、あの門付け芸人は山下のほうに向かったという。住まいは入谷方面か、浅草方面か。

強い雨が唐傘を叩きつけるように降っている。水たまりが出来、道はぬかるみ、高下駄を履いていても、足袋が濡れてきた。

三橋を渡り、山下に出る。

栄次郎はそのまま、まっすぐ雨に煙る入谷方面に向かう。

やがて、高岩寺前を過ぎ、下谷山崎町にやって来た。ここに、独り相撲、蛇遣い、大道講釈、軽業、手品遣い、さらに三味線を弾きながら人情話を語る辻祭文《つじさいもん》などの多くの芸人が住んでいるのだ。

栄次郎は今にも倒れそうな棟割長屋に入って行った。

長屋の路地に雨水が屋根から流れ落ち、どぶは水があふれている。

大道芸人たちは雨では商売に行くことも出来ず、長屋に引っ込んだままだった。

親方の家がどこだかわからないので、どこか適当な家で訊ねようと迷っていると、ふいに目の前の戸が開いて、褌姿の大男が出て来た。

「よかった。ちょっとお訊ねしたいのですが」

と、栄次郎は声をかけた。

「へえ」

大男は侍がいたのでびっくりしたようだ。

「こちらに兄と妹か、あるいは夫婦者かわかりませんが、三味線を持った男女ふたりの門付け芸人が住んでおりませんか」

「いや。ここにはそんなのいませんぜ」

そこに、数軒隣りから、奇異な風体の老人が出て来た。頭の半分は浪人髷、あとの半分は町人のように髪を剃り落とした月代《さかやき》になっている。

独り芝居の大道芸人だと理解するまで、少し間があった。

「とっつあん、この御方が三味線を持った男女ふたりの門付け芸人を探しているってことだが、知っているかえ」

大男がきいている。

「そういやあ、一度、入谷のほうに歩いて行く三味線を持った男と女を見たことがある」

老人は歯がなく、聞き取れない声で答えた。

「ふたりとも若かったのですか」

栄次郎は顔を向けてきいた。

「ああ、若かった。男は手拭いを吉原かぶりに、女のほうは頭から手拭いをかけていただけだ」

そのふたりだと、栄次郎は手掛かりを得て喜んだ。ふたりはもっと先に行ったのだ。

ふたりに礼を言い、栄次郎は長屋を出た。雨はますます激しくなっていた。

さらに二日経った。これで三日、栄次郎は昼間は三味線の稽古、夜になると、湯島天神周辺を歩きまわっていた。

今夜も池之端から天神下にかけて歩きまわった。そして、再び、不忍池まで戻って来たとき、三味線の音が遠くに聞こえ、はっとして立ち止まった。

だが、耳を澄ますと、それは新内三味線だった。音吉が流しに出ているのだろうか。

五つ（八時）の鐘を聞いてから、栄次郎は三橋を渡り、上野山下にやって来た。

もし、ふたりが門付けに出ているなら、この道を帰って来るだろうと思ってのことだ。

木曾屋殺しも研屋久兵衛殺しも、いまだに手掛かりがないようだ。菅井伝四郎をはじめ、奉行所のほうは門付け芸人の男女には気づいていない。

もっとも、そのふたりが事件に関係しているかどうかは、まだわからないのだ。

酔っぱらいが暗がりから出て来た。五条天神辺りの岡場所で遊んで来たのか。

駕籠が入谷のほうからやって来て、三橋のほうに向かった。駕籠が去ると、辺りにひと影はなくなった。

やはり、今夜も、現れなかった。

五つ半（九時）を過ぎて、栄次郎は諦めて引き上げた。

翌朝、いつものように庭で素振りをして汗をかいたあと、兄とともに食事をとった。

食後、兄に呼ばれた。

「明日から出かけるのだな」

「はい」

いよいよ、明日は三島への旅立ちだった。

すでに着替えなどの荷物は三島宿の問屋場《といやば》に送ってある。

「お役目ということになっている例の件。いちおうは、心にとめておいてくれ」

「はっ。心得ております」

三島の料理屋『玉木屋』の様子を探れという役目だった。

すでに、『人馬の御証文』が用意されていた。これは、御家人が御用道中をするときに月番老中から下付されるもので、これがあれば旅先の宿々で、人馬を徴発して、自由に使えるというものであった。

「それから、若党の半助《はんすけ》を供に連れて行くがよい」

「いえ、それでは」

「半助がおれば、何かと都合がよいぞ」

「はい。何から何までありがとうございます」

「母上が呼んでおった。行くがよい」

「はい」

栄次郎が仏間に行くと、母が仏前に灯明を上げていた。

「父上に道中の無事をお願いしなさい」

「はい」

栄次郎は仏前に向かい、手を合わせた。

父はいつも気難しそうな顔をしていた。だが、根はやさしいひとで、ひとが困っているのを見ると放っておけない質《たち》だった。その性癖は、栄次郎がそのまま継いでいた。まるで、血を分けた実の子のように……。

道中の無事を祈り、栄次郎は仏前から離れた。

母と向かい合うと、母が書付けをよこした。

「岩井さまより、これを預かって参りました」

「岩井さまからですか」

栄次郎はあっと思い出した。

旅立つ前に渡すものがあると言っていたのだ。ついあの芸人のことに気を奪われ、失念していた。

「もし、何かあったら、これを見せなさいということです」

栄次郎はそれを受け取った。そして、開いて、栄次郎は目を瞠った。

「これは……」

しばし絶句した。

この者、我が使いなり、と認《したた》められ、御朱印が押してあった。つまり、将軍の印である。十一代将軍家斉が栄次郎に、勝手たるべしというお墨付きを与えてくれたのだ。

「もったいない」

栄次郎はその書付けを押しいただいた。

その日、鳥越の師匠のところで、最後の稽古をした。

そして、師匠から太鼓判を押してもらい、ようやく落ち着いた。

夕方から、弟子が集まって、近くのそば屋の二階で、杵屋吉右衛門師匠と栄次郎の壮行の会を催してくれた。

兄弟子の坂本東次郎もやって来て、

「吉栄さん。このたびはすまなかった」

と、自分が行けなかったことを詫びた。

「いえ、かえって、ありがたいと思っています」

「そう言ってもらうと、気が楽になる。我が家は窮屈でならぬ」

東次郎は憂鬱な顔で言った。

坂本家では、東次郎が浄瑠璃をやることに強く反対しているという。栄次郎には東次郎のつらい気持ちがわかった。

東次郎が去ると、入れ代わって、おゆうが傍にやって来た。

「栄次郎さま。これを」

と言って、神田明神の守り袋をくれた。

「なんだか、とっても心配なんです。きのうも、栄次郎さんが蛇に巻きつかれた夢を見たんです」

「おやおや、おゆうさんは栄次郎さんと少しでも離れるのがいやなものだから、そんな夢を見るんじゃないですかえ」

　横合いから、新八がからかうように言う。

「違います」

　おゆうが泣きだしそうな顔になった。

「いや、すまねえ。おゆうさん。そんなつもりじゃなかったんだ」

　新八が戸惑いを見せた。

「ねえ、新八さんも行ったら」

「えっ、どこにですかえ」

「決まっているでしょう。三島まで」

「栄次郎さんのお供ですかえ」

「そうよ」

　おゆうは真顔で言う。

「おゆうさん。ありがとう。これがあれば無事に行って来れる」

　苦笑する新八に気づいて、栄次郎はお守りを掲げておゆうに言った。

　最後は、大工の棟梁の音頭で、一本締めをして、座はお開きになった。

　明日の朝は早い。見送りに行くというおゆうをなだめ、栄次郎はその夜は早く屋敷に帰った。

三

翌日、夜明け前に栄次郎は草鞋《わらじ》を履き、旅装姿で屋敷を出た。

兄が門の外まで見送った。母とは家の中で別れた。

「栄次郎。体に気をつけてな」

「はい。母上のことをよろしくお願いします」

「半助、頼んだぞ」

兄が若党の半助に言う。

「はい。お任せください」

「では」

栄次郎は踵《きびす》を返し、まだ暁にはほど遠い暗い道を、供の半助と連れ立ち、本郷通りを神田川方面に向かった。半助は、栄次郎の三味線を背中に担いでいた。

昌平橋を渡り、日本橋まで一気に歩いた。家々の戸は閉まり、町はまだ眠りについたままだ。

だが、明かりが灯っている店もあった。豆腐屋だ。朝の早い仕事はもう活動をはじめている。

日本橋の横にある自身番の提灯の明かりが見えてきた。魚河岸のほうからひと声がする。

向こう岸に並んでいる上方《かみがた》商人らの土蔵は暗い中にあったが、それでも、船が着いている桟橋もあった。

日本橋を渡り、高札場の前にすでに師匠の吉右衛門が供を連れて待っていた。供は、内弟子の一太《いちた》という若者だった。

一太は背中に師匠の三味線を担いでいた。

「さあ、行きましょうか」

師匠が元気のよい声で言う。

いよいよ、四人の一行は大通りを西に向かった。

東海道の起点である。

ここから京、大坂まで五十三次。栄次郎と杵屋吉右衛門が目指す三島宿は十一番目の宿場であった。

江戸一番の賑わいであるこの界隈も、まだ死んだように寝入っている。

高輪の大木戸から品川宿に差しかかったのは、だんだん陽が上った頃だった。鈴ヶ森を過ぎ、六郷の渡しで船で対岸に渡る。日本橋から約四里（十六キロ）の川崎宿である。

渡し船でいっしょだった乗客が、川崎大師への道に向かった。

「栄次郎さん。どうしますか。少し、休憩していきましょうか」

師匠が声をかけた。

「はあ、師匠におまかせします」

そう言ったものの、栄次郎はこのまま川崎宿を素通りしたかった。

次の神奈川宿まで約三里（十二キロ）、一刻半（三時間）ぐらい歩かなければならない。師匠の足を考えたら、ここで休憩をとるのがいいのだが、栄次郎は出来たら先に行きたかったのだ。

「栄次郎さんさえよければ、先に行きましょうか」

師匠が栄次郎の顔色を読んだかのように言った。

「はい」

川崎宿の問屋場の近くに、『梅の家』という旅籠がある。やがて、その旅籠の前を素通りした。

じつは、この旅籠の女将こそ、栄次郎の実の母親であった。

母は胡蝶《こちょう》という名の旅芸人だったが、当時、一橋家の当主だった治済に見初《みそ》められ、身ごもったのが栄次郎だったのである。

栄次郎は近習番だった矢内の父に引き取られ、矢内家の子として育てられた。出生の秘密を知った栄次郎は、ここに母を訪ねて来たことがあった。

対面した瞬間、母子とわかったが、栄次郎も母もお互いに名乗ることをせずに、別れた。そのときのことが蘇って切なくなるのだ。

『梅の家』の前を通り過ぎたあと、胸に微かな痛みが走った。

だが、母もふたりの子どもにも恵まれ、今は仕合わせに暮らしているようだ。そう思いながら、東海道を西に向かった。

左手に海を見ながら、松林を行く。街道には旅人が多い。

昼前に、神奈川宿に着いた。そこで昼食をとり、その夜は藤沢宿で旅装を解いた。

宿では三味線を取り出し、簡単なお浚いをする。

翌朝、宿で作ってもらったにぎり飯を持って、出発した。

途中にある酒匂《さかわ》川は橋がなく、人足の担ぐ蓮台《れんだい》に乗って川を渡った。どんよりした空で、富士を見ることは出来なかった。

海を眺めながら、昼食のにぎり飯を食べた。

夕方に、小田原の城下町に着いた。旅籠はどこも旅人でいっぱいだった。

しかし、小田原城下に、吉右衛門師匠の弟子がいる。地方にも、吉右衛門師匠の弟子がたくさんいるのだ。そんな弟子のひとりである海産物問屋『錦屋』の離れ座敷に泊めてもらった。

夜は酒席が設けられ、歓待された。吉右衛門師匠の名声を慕って、遠くからひとが集まった。皆、道楽に身をやつす旦那衆であった。

栄次郎はそこで、吉右衛門師匠と三味線を弾いた。


三日目。小田原を夜明け前に出た。

『錦屋』の主人がつけてくれた八五郎《はちごろう》という案内の男を先頭に、小田原を出立し、風祭一里塚に近づいた頃には夜が明けてきて、さらに行くと、早川にかかった湯本三枚橋に差しかかる。橋の傍にある茶屋に、早立ちの旅人が休息している。

ここから、湯本から塔之沢、宮之下など箱根湯本温泉湯治に向かう七湯道が分かれている。栄次郎たちは箱根八里の道を進んだ。

三枚橋を渡って、いよいよ道は急坂になった。

「あれは、北条氏の菩提寺の早雲寺でございます」

八五郎が説明した。

若いながら、八五郎は案内にもそつがなく、気配りに長《た》けた男だった。

「そうですか」

栄次郎は興味を覚えたが、勝手な行動をとることは出来ず、後ろ髪を引かれる思いで、先を急いだ。

「この先は『女転ばしの坂』と呼ばれている急坂でございます」

八五郎が話す。

旅人は喘《あえ》ぎながら坂を上って行く。

栄次郎も汗をかいてきた。

畑宿に着いた。茶屋が並んでいて、旅人が湯漬などをすすっている。

挽物細工、指物細工、漆器細工などの細工物の生産が盛んなところだ。

「ここで少し休んで行きましょう。これから、まだまだ急坂が続きますから」

茶屋に入り、湯漬を頼んだ。

「八五郎さん。おまえさんも食べなさい」

師匠は八五郎に言う。

「いえ、私は」

八五郎は遠慮する。

「まあ、いいから、お食べ。姉さん、湯漬をもうひとつ」

師匠が小女を呼んだ。

「八五郎さんは『錦屋』で働いていなさるのか」

「はい。旦那に拾われて」

孤児だったのを錦屋に拾われ育てられたという。『錦屋』の旦那には恩義があるのですと、実直そうな若者は答えた。

再び、出発した。

一里塚を過ぎて急坂になり、やっと平らな場所に出たと思ったら、また上り坂になる。

鬱蒼とした木立の中を喘ぎながら上って行くと、急に木立の中から眼下に湖が見えた。

「芦ノ湖です」

八五郎が言う。

「関所まで、もう少しでございます」

坂を下り、芦ノ湖に出た。

大小の石仏、供養塔が安置されている賽《さい》の河原から杉並木を行くと、十五軒ほどの茶屋が並んでいる新谷町に出た。

「関所はすぐそこでございます」

関所は湖に向かってあり、背後は屏風山である。

関所の入口には旅人が列をなしている。『千人だまり』と呼ばれていると、八五郎が説明した。

関所には、番頭一名、横目付一名、番士三名、定番人三名、足軽中間十五名などの役人が詰めていた。

相模国小田原藩藩主大久保家の家来である。

旅人は順次、関所の江戸口御門を入り、定番人に手形を見せていく。

長い列も案外と早く進んでいった。

「昔は相当厳しかったようですが、今はそれほどでもありません。それでも、何かあって、気分の悪い思いをされてもつまりませんので」

八五郎は言い、番が来ると、いち早く定番人の前に行き、頭を下げた。

どうやら、顔見知りらしい。

栄次郎も御証文を持ち、師匠も道中手形を持っているが、そんなものを必要としないほど、すんなり関所を抜けた。

「なるほど。だいぶ、錦屋さんは付け届けをしているようですね」

栄次郎が感心したように言う。

「はい。『錦屋』は小田原藩にもだいぶ肩入れをしていますので」

金を貸しているという意味なのだろう。

もっとも、他の旅人もすんなり通過している。関所の通行には必ずしも手形は必要とされなかったようだ。ただ、関所であやしまれないために手形を持っていたほうがいいという程度のようだ。

女の通行には厳しいようだったが、それでも抜け道があった。

江戸開府当初からしばらくは「入り鉄砲に出女」の監視のために、通行も厳しかったようだが、世の中が落ち着いてくると、警戒も緩くなってくるのだ。

「八五郎さん。よろしいのですか」

なおも案内に立とうとする八五郎に、師匠が声をかけた。

「はい。箱根峠までご案内させていただきます。質《たち》の悪い雲助がいないとも限りませんので」

雲助とは問屋場に登録された荷物を運ぶ人足である。厳しい山道を荷物を担いで上り下りする重労働だった。そういう仕事をしているせいか、気性の荒い者が多く、中には質のよくない者もいる。

箱根宿は、本陣が六軒、脇本陣が一軒、旅籠は七十二軒ある。だが、たいてい旅人は小田原宿と三島宿に泊まるので、ここは単に通過するだけのことが多い。大名行列でも、本陣は休憩のために寄るのだ。

箱根宿を過ぎ、杉並木の道を上って行くと箱根峠に出た。

伊豆と相模の国境だ。

「ここからあとは三島まで下り坂です。それじゃ、私はここでお別れいたします」

「八五郎さん。いろいろすまなかった。また、帰りに『錦屋』さんにお寄りいたします」

「はい。お待ちしております。あっ、矢内さま」

八五郎が思い出したように言った。

「途中、山中新田という間宿があり、茶屋が並んでいるところですが、そこの後ろの地は山中城址でございます」

秀吉の小田原攻めに備えて、小田原北条氏が築いた城だ。

小田原の早雲寺に興味を示したのを覚えていて、教えてくれたものと思える。

「そうですか。帰りに寄れたら寄ってみたいと思います」

栄次郎は八五郎に礼を言った。

八五郎と別れ、坂を下る。途中、かなりな急坂を経て、谷田に近づいて来た。夕闇が迫り、三島宿の灯が見えて来た。

四

川原ヶ谷を過ぎ、神川にかかる新町橋を渡ると、宿場に出入りの旅人を監視する見付があった。

ここが三島宿の入口だ。

そこに、幸田屋音兵衛と番頭が迎えに出ていた。

三島は三島権現の門前町として栄えている。三島宿は本陣二、脇本陣三、旅籠大小合わせて七十四軒。この三島権現の西に向かって並んでいる。

下田街道、甲州道とも交差をしており、ひとの往来は激しい。

幕府の直轄地、すなわち天領は約七百万石、そのうち約二百六十万石が旗本の知行地であり、幕府の直接収入になる領地は約四百四十万石。そのうち、駿河・遠江・三河・甲斐・信濃・伊豆の六カ国で六十万石である。

これらの土地の支配は、勘定奉行の支配下にある代官が行っており、この地は伊豆韮山《にらやま》代官江川太郎左衛門《えがわたろうざえもん》支配である。

新町橋から三島権現まで、両側に寺が並んでいる。その途中にある薬師院という寺の境内に女のひとの姿が何人か見えた。

「この中に瞽女《ごぜ》屋敷があるんです」

音兵衛が話した。

瞽女は三味線を片手に各地で門付けを行って生計を立てている盲目の女たちである。越後長岡や高田が有名だが、各地に瞽女はいた。

ここの瞽女も、大名に呼ばれて、瞽女唄を披露したりしているという。

『幸田屋』は問屋場の近くにあった。

問屋場とは人馬の継ぎ立てを行う。すなわち、馬や荷物運びの人足を用意してくれるところだ。また、手紙の配達も取り扱い、飛脚も抱えている。

絹織物屋を営む『幸田屋』は土間も広く、大きな屋敷で、栄次郎たちは離れ座敷に通された。

離れに何部屋かあり、それぞれ栄次郎と師匠の吉右衛門、そして若党の半助と吉右衛門の内弟子がいっしょの部屋に割り当てられた。

部屋に入ると、江戸から送った着替えなどの荷物がすでに届いていた。音兵衛が、問屋場からここまで運ばせたのであろう。

音兵衛の妻女のおふさと伜の音次郎《おとじろう》が挨拶にやって来た。妻女は音兵衛とずいぶん歳の差があるようだった。

「いたらぬことも多いと思いますが、どうぞごゆるりとなさってくださいな」

水商売上がりのような垢抜けた雰囲気がある。

「いや、こちらこそ、ごやっかいになります」

吉右衛門はていねいに応じた。

吉右衛門が、酒宴は本舞台が終わったあとにと言ってあったので、小田原の『錦屋』での騒ぎのようなことにはならなかった。

それでも夕餉の膳は豪勢なもので、鯛や海老が並んでいた。

食事のあと、さっそく稽古に入った。

翌朝、栄次郎はぶらりと朝靄《もや》の中を三島権現に向かった。

朝靄の中に、旅籠を出発する旅人の姿がちらほら目についた。問屋場の前を通ると、馬のいななきが聞こえた。

いちおう、栄次郎は御家人として公用旅ということになっているので、予定表を提出してあるが、馬や荷物の運搬は必要ないと断ってある。

樹木に覆われた三島権現にやって来た。

伊豆に配流されていた源頼朝がこの三島権現に源氏の再興を祈願し、鎌倉に幕府を開いたあとに、領地と社殿を造営したのだ。

鳥居をくぐり、境内に入る。境内は広い。鬱蒼とした杜《もり》の中を、社殿に向かう。

権現造りの社殿に手を合わせ、再び広大な敷地の境内を出た。

晴れてきて、富士が見事な雄姿を見せていた。

栄次郎は、ふと思い出して、三島権現の裏手にある『玉木屋』に向かった。

豪壮な門構えの料理屋だ。宿場に、このような大きな料理屋があって、やっていけるのだろうか。

三島権現に参拝に来た客を相手の料理屋だろうか。

兄は、『玉木屋』の様子をそれとなく見ろと言ったが、具体的に何をするかの指示はなかった。

『玉木屋』から、三島権現の前を通って、帰途についたが、

「権現さんにお参りでしたか」

と、杖をついた老人が声をかけてきた。

皺の多い顔の片目は潰れかかっており、身形《みなり》も粗末だが、顔つきにいやしさはない。六十歳前後と思える。

「はい。たいそう立派なところでした」

「箱根から下りてこられる旅の御方は、権現さんの鳥居を見て、やっと三島に着いたと思うと仰られるようです」

老人は目を細めて言う。

「確かに」

栄次郎はきのう着いたときのことを思い出した。

「お武家さまはどちらから」

「江戸です」

「江戸でございますか。で、もう、お立ちで?」

「いえ、二、三日、滞在いたします。じつは、『伊豆屋』で行われる『助六』の芝居で、三味線を弾くことになっているのです」

「ほう、お侍さまが三味線を」

老人は驚いたように口をすぼめた。

「では」

会釈して行きかけて、栄次郎は足を止めた。

「『玉木屋』という大きな料理屋がありますね」

「はい。最近、出来たのでございます。料理屋といっても……」

老人は口を濁した。

「ただの料理屋ではないのですか」

栄次郎は不思議に思ってきいた。

「へえ。遊廓でございます」

「遊廓？」

「はい。そういう噂です。それも、きれいな女たちを集めているようです。私たちが行けるようなところじゃありません」

「でも、旅籠には飯盛女がいるのではありませんか」

旅籠には平旅籠と飯盛旅籠がある。平旅籠はふつうの旅籠だが、飯盛旅籠は飯盛女を置いている。三島女郎衆である。

「『玉木屋』は、お武家さまや裕福な町人たちを相手にする格式の高い女郎屋を作ろうとしているんですよ」

助郷《すけごう》でやって来る近在の若者などは飯盛女と遊ぶだろうが、飯盛女は安女郎だ。武士や富裕な町人相手の女郎屋を作ろうとしているのか。

「しかし、女郎屋の営業が許されるのですか」

一軒の旅籠に飯盛女の数も二、三名と決められているはず。ましてや、遊廓など許されるのだろうか。

そのことを問うと、白髪の年寄りは、

「規則は破られるためにあるのでございましょうよ。金を使えば、なんでも出来ます」

と、意味深に言う。

「『玉木屋』の主人というのはどのような御方ですか」

「今にわかるでしょう」

老人は口許を歪めた。その激しい表情の変化に、栄次郎は戸惑った。

老人と別れ、『幸田屋』に戻りながら、栄次郎は『玉木屋』のことを考えた。

ひょっとして、兄が言いたかったのは、遊廓のことだったのかもしれないと思った。

夕方に、また宿場を歩いてみた。

師匠の吉右衛門は、この地の浄瑠璃の仲間に呼ばれ、忙しく過ごしているが、栄次郎は稽古以外は暇だった。

三島権現のほうに向かった。そして、神川にかかる新町橋に差しかかる。栄次郎もきのう、その橋を渡って三島宿に入ったのだ。

橋の袂に東見付があった。宿場を出入りする旅人を見張っているのだ。その前辺りに、年寄、帳付、人足差し、馬差しなどの宿場役人たちが羽織、袴で揃い、何かものものしい様子だった。

栄次郎は近くの男に声をかけた。

「何かあったのですか」

「御用道中のお侍さまが、そろそろ到着するので、そのお出迎えです」

先触れがあり、きょうの夕方に三島宿に到着することになっているという。

なるほど、御用道中というのはたいそうなものなのだと改めて思い知らされた。

やがて、川原ヶ谷のほうから供を連れた騎馬の侍がやって来た。懐から黒っぽいものが覗いている。『御証文』を首からかけて懐に仕舞っているのだ。

宿場役人たちはたちまち緊張に包まれたようだ。

「ごくろう」

「ごくろうさまにございます」

武士は鷹揚に馬上から宿場役人たちに声をかけた。

年寄が機嫌を結ぶように挨拶をした。

もののしい出迎えを受けて、御用道中の侍は鷹揚に宿場に入って行った。まだ、栄次郎とそう年齢も変わらぬ武士だ。

それを見送っていると、後ろから、

「威張り腐りおって」

と、吐き捨てるような声が聞こえた。

振り向くと、今朝会った老人が蔑《さげす》むような目を向けていた。

「あの侍が何者で、どこに行くのか。何ほどの者かわからぬが、たいした武士でもあるまい。あの御仁に限らず、御用道中の侍は公儀御用を嵩《かさ》に着てのやりたい放題。あの懐にある『御証文』に、周囲は平伏するのじゃ」

「そんなにご威光があるのですか」

栄次郎は驚くばかりであった。

「そうだ。なにしろ、御用道中の者には宿場役人どころか、参勤交代の大名とて気を使うのでな」

「信じられません」

「よいか。今夜は、あの御仁は『玉木屋』でおもてなしだ」

「おもてなしというと」

「女と酒じゃよ」

栄次郎は、旅に出て驚くことばかりであった。箱根の関所も、袖の下で通行も容易になり、宿場では飯盛女のことも見て見ぬふり。地獄の沙汰も金次第というが、まさに金で規則など自由に曲げられる。

それ以上に驚いたのが、御用道中の武士の悪評だった。

しかし、これは実際に目《ま》の当たりにしたわけではないので、迂闊《うかつ》には決めつけられないが、宿場役人の気の配りようを見ると、さもありなんと思うのだ。

栄次郎は『幸田屋』に帰った。

部屋にやって来た音兵衛にきいた。

「御用道中の侍がやって来ましたね」

「そうです。ですから、宿場は皆さん、ぴりぴりしております」

音兵衛がさっきの老人と同じようなことを言った。

「私も、あとでご挨拶に参上しなければなりません」

「音兵衛さんもですか」

「はい。宿場の主立った者は、打ちそろってご挨拶を申し上げるのです」

栄次郎は呆れ返った。

「そんなものですか。いったい、あのお侍はどなたなのですか」

「代官手付普請役の柳田《やなぎだ》源之丞《げんのじょう》さまです」

「代官手付普請役?」

「駿河の代官所の所用で赴くところだそうです。まあ、あのお侍さまにというより、御証文に頭を下げに行くのですが」

手付は三十俵三人扶持の御家人である。いわゆる下っ端にすぎない。こういう特権を利用して、日頃の鬱積を晴らしているのだろうか。

上役なども、当然、知っているはずだ。見て見ぬふりか。それとも、それを当たり前と思っているのか。

御徒目付になった兄の新任の挨拶に、上役に付け届けをしたり、料理屋に接待しなければならなかったりと、どうも何かがおかしい。栄次郎は釈然としない気持ちになった。


翌朝、朝餉が終わった頃を見計らって、音兵衛がやって来た。

「きょうは、下浚いでございます。どうぞ、よろしくお願いいたします」

音兵衛は師匠の吉右衛門に言う。

「こちらこそ、よろしく」

「そうそう、栄次郎さん。柳田さまが、ぜひ舞台を見たいと申されました」

「柳田さまというと、御用道中の？」

「はい。昨夜、ご挨拶に行ったおり、そんなことを仰りました。そのために、予定を変更して、もう二、三日、こちらに滞在すると」

音兵衛は苦笑した。早く次の宿場に去って欲しいのが本音なのだ。

「昨夜はやはり、『玉木屋』に？」

「おや、栄次郎さん。『玉木屋』のことをご存じでいらっしゃいましたか」

「ええ。きのうの朝、三島権現まで行ったとき、老人に会いましてね。そのひとからお聞きしました」

「そうですか。仰るとおり、昨夜は女どもを集めて、大騒ぎをしたそうにございます。それだけならよろしいのですが、『玉木屋』の若女将を気に入り、無理難題。それをとりなすのに周囲は苦労したようです」

「そうですか」

ますます、栄次郎はげんなりした。直参といっても、町のひとびとからは侮蔑されている。こんなことでよいのだろうかと、栄次郎は考え込んでしまった。

その日の下涹いで、はじめて伊豆屋高右衛門に会った。

高右衛門は四十代前半。がっしりとした体格の男だった。宿場一という繁盛を極めている脇本陣の主人らしく、自信に満ち、少し傲岸な振る舞いも見受けられた。だが、すべての資金は、この伊豆屋から出ているので、皆は下手《したで》に出ている。


翌日、いよいよ本舞台の当日となった。

朝早くから、脇本陣の『伊豆屋』に入った。例の文のせいだろう、屋敷のあちこちに屈強な若者や用心棒らしき浪人が目についた。

大広間には立派な舞台があり、花道まで設《しつら》えられていた。

江戸で名高い市川団十郎門下の団蔵の指導による芝居を観ようと、朝からたくさんの客が押しかけていた。

栄次郎は黒の紋付き袴。幸田屋音兵衛はいくぶん緊張しているようだった。

舞台には正面下手《しもて》寄りに三浦屋が設えられ、河東節の連中は、その格子の御簾《みす》の中に入った。

客席の真ん中に、女を侍《はべ》らした柳田源之丞がいるのがわかった。酒を呑みながらの観劇だ。

そのほか、宿場の主立った者が招待されており、いよいよ『助六所縁江戸桜』の幕が開いた。

舞台に登場した役者が、御簾に向かって、

「河東節御連中さま、どうぞおはじめくださりましょう」

と言うのを合図に、栄次郎は吉右衛門師匠とともに、撥を振り下ろした。

本調子での前弾きがはじまると、花道と舞台上手《かみて》から同時に、金棒引きが登場する。

そして、音兵衛も心地よく声を出す。

春霞

立てるや何処み吉野の
山口三浦うらうらと
うら若草や初花に……
鐘は上野か浅草に
その名を伝う花川戸

金棒引きが引っ込み、花道から揚巻が出て来る。白玉、髭の意休《いきゅう》などが舞台に揃う。演じるのは皆、この宿場の主人や若旦那たちだ。

そして、伊豆屋高右衛門の助六の登場になる。花道から黒羽二重の着付けに駒下駄を履き、蛇の目傘をつぼめて出て来る。額には紫の鉢巻き。

「この鉢巻きにご不審か」

伊豆屋の助六が科白《せりふ》を言うと、客席はやんやの喝采となり、舞台は盛り上がって進行していった。

五

その夜、打ち上げの酒宴が開かれ、『幸田屋』の大広間には演者たちが集まった。

師匠は酒が強く、注がれるままに呑んだが、栄次郎は強く勧められて、杯で二杯を呑んで、少し気分が悪くなった。

大広間を出て、廊下の隅にしゃがみ、冷たい風を受けて顔を冷やした。

きょうは上首尾だった。だが、舞台を振り返るより、栄次郎は江戸を懐かしく思い出した。

下弦の月が上ってきた。さえざえとした光を放っている。江戸でも、同じこの月を眺めているだろう。

今頃、母上や兄上は何をしているのだろうか。兄上は、深川に遊びに行っただろうか。お秋さんもおゆうさんも達者か。

江戸を離れて七日だ。やけに、江戸が恋しくなった。

木曾屋と研屋久兵衛を殺した下手人は見つかっただろうか。そして、あの門付け芸人は……。

「だいじょうぶでございますか」

ふいに背後から声をかけられた。

音兵衛の妻女のおふさだった。

「すみません。下戸なもので」

「熱いお茶でもご用意させましょうか」

「いえ」

「そうですか」

そのとき、栄次郎は幻聴を聞いた。

江戸恋しさのあまりに、そして、あの唄声に強く惹かれた思いが、このような幻聴をもたらしたのかもしれない。

秋の夜は
長いものとはまん丸な
月見ぬひとの心かも
更けて待てども来ぬひとの
訪ずるものは鐘ばかり

数うる指も寝つ起きつ
　わしや照らされているわいな

「もう冬なのに、まだ秋の夜を唄っているんですねえ」

妻女がおかしそうに言う。

「内儀さんも、今の唄を？」

幻聴だと思い込んでいたのだが、妻女の言葉にそうではないのか、と体を起こしていた。

「今の唄の主《ぬし》を知っているのですか」

「ええ。ここ十日ほど、流している芸人さんですよ」

「十日ほど」

栄次郎がいきなり立ち上がったので、妻女は驚いたように目を瞠《みは》った。

「矢内さま。どうなさいましたか」

「ちょっと、町を歩いて来ます」

内儀に何も言う間も与えず、栄次郎は玄関に向かっていた。

夜気はひんやりしている。

栄次郎は耳をそばだてた。

三味の音に惹かれるまま、栄次郎は裏道に入って行く。右手から聞こえてきた音が今度は左手に聞こえ、ときには背中にまわる。

風のせいか、それとも路地を曲がるたびに、進む方向が狂ってきているのか。

いつの間にか、近くに三島権現の鬱蒼とした樹林が見えていた。

どうやら、糸の音を追っていくうちに、『玉木屋』の裏手にやって来たようだった。賑やかな声が聞こえてくる。

栄次郎はさらに歩きまわったが、糸の音が途絶えて、門付け芸人の姿を見つけ出すことは出来なかった。

御殿川の辺に出た。また、きょうも会えなかったと、落胆したとき、ふいにふたつの黒い影が目に入った。

ふたりとも三味線を抱えている。

栄次郎はふたりのあとを追った。ひとりは女だ。細身の柳腰。

「もし」

追いついて、栄次郎は声をかけた。

ふたりが立ち止まった。

男は二十五、六歳。瘦せて背が高い。陰気そうな顔をしている。男が警戒した目を向けた。

女のほうは二十一、二歳。たおやかな姿。芙蓉のような白い顔に、整った目鼻だち。髪を結い上げ、うなじが白い。どこかあどけなさの残る顔に、淫らと思える目。粋な美しさだ。清楚な中にも、毒を秘めている。そんな矛盾した魅力のある女だった。だが、女も用心深い目をしていた。

「いや、怪しい者ではない」

わざわざ、栄次郎は断ってから、

「じつは、あなたの唄声を江戸で聞いた。そのときは遠音で聞いただけなのに、粟立つ思いがしました。それで、ぜひ、目の前で聞いてみたいと思い、あなた方を捜しまわりました。でも、あなた方に出会うことはありませんでした。そしたら、偶然、さっき『秋の夜』を耳にしました。まさか、江戸にいるはずなのにと疑いましたが、あの唄声はまぎれもなく、江戸で聞いた声」

と、ふたりの顔を交互に見ながら、心情を吐露した。

「それほどまでに」

女は恥じらうようにうつむいた。

「ですが、私たちはもうここを去るつもりですから」

男が突き放すように言った。

「どこかへ行かれるのですか」

男は答えようとしなかった。

「兄さん」

女が口をはさんだ。

「せっかくですもの、聞いてもらいましょうよ」

「ばかな」

「いいじゃありませんか。私の声を追い求めていただけるなんて、うれしいことですもの。ねえ、いいでしょう」

女は鼻にかかった声で兄に頼んだ。

頑《かたく》なに拒むと思っていた兄が、急に表情を和らげ、

「いいだろう」

と言い、辺りを見回して冷たい声で言った。

「お侍さま。ここでよろしければ」

兄の急変を訝ったが、願ってもないことなので、栄次郎は気持ちが弾んだ。

「聞かせていただけるのですか。もちろん、どこでも構いません」

「わかりました。ただし、私はやめておきます」

「そうですか」

少しがっかりしたが、聞きたいのは女の声だ。

ふたりは適当な場所を探し、そして三味線を構えた。糸を本調子に合わせる。撥をかざすと、袖がまくれ、女の白い二の腕が艶《なまめ》かしく見えた。

御殿川の河原に『秋の夜』の端唄が流れた。

秋の夜は
長いものとはまん丸な
月見ぬひとの心かも
更けて待てども来ぬひとの
訪ずるものは鐘ばかり
数うる指も寝つ起きつ
わしや照らされているわいな

栄次郎は背筋がぞくぞくとした。心にしみ入ってくる声だ。

思うひとが訪ねて来るのを待ちわびている女の姿が浮かび上がってきて、心が切なくやりきれなくなった。

まだ、二十一、二歳の女に、このような声が出せるのか。そのことに栄次郎は感動を覚えた。

唄っている女が神々しいばかりに輝き、栄次郎の心を鷲掴みにした。

「お願いです。今一度、お聞かせ願えませんか」

その申し出に、男は露骨に顔をしかめたが、女が応じてくれた。

また、三味線の音がはじまった。今度は、岩井文兵衛に聞いたもうひとつの詞の解釈を頭に置き、栄次郎は目を閉じて聞いた。

秋の夜は
長いものとはまん丸な
月見ぬひとの心かも
更けて待てども来ぬひとの
訪ずるものは鐘ばかり

数うる指も寝つ起きつ
わしや照らされているわいな

波が激しく打ち寄せる小島が栄次郎の頭に浮かんだ。そこの廃屋に、ひとりの男。髪も髭も伸び放題、やつれた体。秋の満月の夜に、聞こえてくるのは鐘の音だけ……。そういう光景を思い描いたのは、鹿ヶ谷での平家討伐の謀を密告され、鬼界島に流されて一生を過ごした俊寛《しゅんかん》。あるいは、関ヶ原の戦いの後、家康によって八丈島に流された豊臣方の宇喜多秀家《うきたひでいえ》のことを考えたからかもしれない。

不思議なことに、さっきの甘い情景から過酷な状況の光景に変わった。

唄声が終わっても、栄次郎はしばらく目を開けることが出来なかった。まるで金縛りにでもあったように、体が動かない。

魂が奪われた。

そう思った。

やっと目を開けたとき、そこに女だけがいて、男が遠くに去って行くのが見えた。

「兄は先に帰りました」

女は妖艶な笑みを浮かべた。

「いけない。お金をお渡ししなければ」

栄次郎が懐に手を入れた。

「いいんですよ」

女は栄次郎の手を抑えた。ぬくもりが伝わり、女の顔が間近にあった。

「お侍さまのお名前を教えていただけませんか。私はお露《つゆ》」

じっと目を見つめてきた。

「お露さん……。私は矢内栄次郎です」

まるで、何かの暗示にかかったように、栄次郎は夢見心地で答えた。

「栄次郎さま」

じつにさりげない仕種で、お露が栄次郎の胸に手を当てた。三味線が傍の草むらに置いてあった。

全身に何かが走り抜けた。かつて、このようなことはなかった。栄次郎に予期せぬ感情が湧き起こった。

自分を忘れるということだった。旗本の娘萩絵にも抱かなかった感情が芽生えていた。それは本能かもしれない。本能に、栄次郎は支配されたのだ。

栄次郎はそっとお露の肩に手をまわした。細い肩だ。柔肌の匂いが、栄次郎を惑わせた。やがて、栄次郎の胸にお露が顔を埋めた。

「栄次郎さま」

甘美な香りが栄次郎の本能をますます刺激する。

自然な形で、栄次郎はお露の細い体を両腕に包んだ。

それからの行動について、栄次郎は夢の中をさまよっていたように、意識があまりなかった。自分であって自分でないような感覚の中で、栄次郎はお露に導かれるまま、どこぞの廃屋に入って行った。


翌朝、栄次郎は若党の半助に起こされるまで目が覚めなかった。

はっと飛び起き、栄次郎は辺りを見回して、『幸田屋』の離れだとわかった。

「昨夜はずいぶん遅いお帰りでございましたが」

半助が窺うようにきいた。

「いや。ちょっと知り合いに会ってね」

「知り合いでございますか」

半助は疑わしそうだった。

「そうだ」

それ以上の追及を避けるように、栄次郎は起き上がった。

食事のあと、栄次郎は刀を持って部屋を出た。

「どちらに」

女中が声をかけた。

「権現さまにお参りに行って来ます」

栄次郎が向かったのは、宿場外れにある木賃宿だった。芸人が泊まりそうな宿は数軒ある木賃宿のうちの、ひとつに違いないと思ったのである。木賃宿は、芸人や貧しい者が泊まる宿だ。

お露にもう一度、会いたかった。

手にはお露の柔肌の感触がなまなましく残っている。脳裏にはのけぞるお露の白い裸身が焼きついていた。栄次郎はこれまで女には淡白で、どんなに好きな女に対しても欲望を持つようなことはなかった。

お秋の家で、逢い引きの男女の睦言や情事の声を聞いても、己の欲望が刺激されることもなかった。

それは栄次郎が常に物事を冷静に見つめ、道理をちゃんとわきまえていたからだ。

だが、お露を前にして、栄次郎は素っ裸にされたのだ。本能の赴くまま、生身の人間として行動した。

栄次郎は『岩田屋』という木賃宿を訪ねた。

女中に訊ねると、今朝早く出かけたという。どうやら、お露はここに泊っているようだ。

「どちらへ向かったかわかりますか」

「さあ」

女中は首を横に振った。

「まだ、引き上げてはいないのですね」

「はい。まだ、お泊まりです」

栄次郎はほっとして帰り道を歩いた。

『幸田屋』に戻って来ると、外に半助が立っていた。

栄次郎に気づいて、半助が声をかけた。

「栄次郎さま」

「何かあったのか」

その声を聞きつけたのか、音兵衛が土間から飛び出して来た。

栄次郎の前に立つと、

「じつは今朝、権現さんの裏手の草むらの中から、柳田源之丞さまの死体が見つかったのです。刀で胴を斬られていたそうです」

と、一気に話した。

「なんですって」

たちまち、お露と兄のことが蘇った。

「それで宿場役人が、宿改めに来ているのです」

表情を曇らせて、音兵衛が言う。

「私のところにも来たのですか」

事情を察して、栄次郎はきいた。

「はい」

栄次郎は困ったと思った。

きのうのことを答えられないのだ。

土間に入ると、代官所の手付と裁着袴《たっつけばかま》の宿場役人がふたり、待っていた。

代官手付が栄次郎に目を向けた。

「矢内栄次郎どのですな」

尊大な態度で、年配の宿場役人がきいた。

「拙者は代官手付の瀬島市兵衛《せじまいちべえ》と申す。お役目によって、ちとお尋ねしたきことがござる。よろしいか」

「どうぞ」

「まず、矢内どのはこの三島宿にどのようなご用件で参られたのか」

いかめしい顔の市兵衛は、大きな目をぎょろりとさせた。

「お芝居の地方として、『幸田屋』さんの河東節の三味線弾きとしてやって来ました」

うむと頷いたのは、すでに音兵衛から聞いて知っているからだろう。

「昨夜、お帰りが遅かったようですが、どちらに行かれていたのですかな」

「それは……」

栄次郎は返答に窮した。

市兵衛の表情がさらに厳しくなった。

「わけあって、どこにいたかは言えない。だが、私はひとを斬ってなどいない」

「それを明かすことは出来ましょうや」

「刀を調べてみますか」

栄次郎には刀が武士の魂であるという意識が欠けていた。刀身を見せることに、なんのためらいもなかった。かえって、三味線のほうを魂だと思っているほどなのだ。

「そうですな。では、拝見いたしましょうか。いや、小太刀のほうです」

「小太刀？」

「そうです。おそらく、小太刀で胴を斬ったものと思われる。さあ、お見せくださされ」

同じだと、栄次郎は思った。

薬研堀での木曾屋、不忍池での研屋久兵衛も、小太刀で胴を斬られていた。

「その前にお訊ねします。柳田さまはどこで殺されていたのですか」

「三島権現の裏手です」

覚えず、あっと叫び声がもれそうになった。

「柳田さまは、なぜ、そんな場所に出て行ったのでしょうか」

動揺を悟られないように、栄次郎はとっさに質問をした。

「わからない。『伊豆屋』の奉公人の話では、急に、ちょっと出かけて来ると言って出て行ったということだ」

「柳田さまは『伊豆屋』にお泊まりだったのですか」

「そうだ」

やはり、あの唄声を聞いて、外に出て行ったのかもしれない。

「私が呼び出したとお考えになりますか」

栄次郎は真顔できいた。

「たまたま、行き当たって何かの問題が起きたということも考えられる」

市兵衛は即座に答える。

「私にかかずらっていて、その間に真犯人に逃げられたらどうするのです」

「その心配は無用。旅の者については、出立を見合わせてもらっている。すでに、東西の見付では怪しい者の通行を止めている」

さらに、市兵衛は続けた。

「早立ちした者については、急使を箱根の関所に遣わし、怪しい者を通さぬように頼んである。もちろん、西に向かう街道や下田街道にも見張りを置いている」

厳重な配備をしているのは、御用道中の武士が殺されたからだ。本心では殺された武士には同情していないが、あとからのお咎めが怖いから捜索をしている。そんな感じがしないでもなかった。

栄次郎は、もう少し柳田源之丞が殺されたときの状況を知りたいと思った。お露のことが気にかかるからだ。

「わかりました。お疑いを晴らすためにも、陣屋でもどこでも出向きましょう」

栄次郎は自ら望んで言った。

「殊勝な心がけ」

「栄次郎さま」

半助が不安そうな声を出した。

「心配ない」

栄次郎は師匠の吉右衛門に、

「そういうわけで、ちょっと出かけて来ます。師匠は予定もおありでしょうから、もし、私が戻れない場合でも、どうぞ、お先にお帰りください」

「栄次郎さん」

吉右衛門が呆然として言う。

栄次郎は、市兵衛といっしょに『幸田屋』の土間を出た。

六

栄次郎が連れて行かれたのは、陣屋ではなく問屋場だった。

問屋場の奥の大広間には、筋骨たくましい男たちが車座になって賭け事をしていた。

市兵衛も見て見ぬふりだ。

そこの手前の小部屋で、

「さあ、矢内どの。昨夜のことを、お話しいただきましょうか」

と、代官手付の瀬島市兵衛がきいた。

「じつはきれいな月に誘われて散策をしておりました。ところが、お恥ずかしい話ですが、道に迷ってしまったのです」

「道に迷われたと？」

市兵衛は疑わしい目をくれた。

「はい。御殿川のほうに出て」

「矢内どの。失礼だが、その話はいただけませせぬな」

市兵衛は首を横に振った。

「そうかもしれません」

栄次郎は素直に認めた。だが、お露とのことは決して口にすることは出来ないのだ。

「つかぬことをお伺いいたしますが、どうして、今朝まで、亡骸が見つからなかったのですか。柳田さまが一晩中帰らないのを、『伊豆屋』のほうではなんとも思わなかったのですか」

栄次郎は疑問を口にした。

「女のところに泊まったと思ったそうだ」

「女のところ？」

「あの御仁はとにかく女好きでな。毎晩、女を欲していたようだ。ところが、昨夜は、柳田どのは伊豆屋に、今夜は女はいいと囁いたそうだ。つまり、別口で女を調達していたものと思える」

「その女の手掛かりはないのですね」

「ない」

市兵衛は首を横に振ってため息をついた。

「ごめん」

入口に声がした。

「ご隠居」

市兵衛の声に、栄次郎は振り返った。

「あっ、あなたは？」

例の老人だった。

「『幸田屋』に行ったら、ここだと言うのでな」

「ご隠居。何でござるか」

「瀬島さま。この矢内さまは殺しには無関係ですぞ」

「どうして、そのようなことが？」

「じつは、昨夜は矢内どのはわしとずっといっしょだった」

「えっ、ご隠居と？」

驚いたのは瀬島市兵衛だけではない。栄次郎も同じだった。

「さよう。昼間、約束したとおりに、わしの住まいに訪ねて来てくれたのだ。あの侍を殺したのは矢内さまではない。瀬島さまもそうお思いではなかったのかな」

「まあ、そうです。ただ、夜、外出していた理由を言おうとしないので、少し訊ねたほうがいいと思ったまで」

「陣屋ではなく、問屋場に連れて来たことでも、それがわかった。で、夜の外出については、わかってくださったかな」

「ご隠居がそう言うのであれば、間違いはありますまい」

市兵衛は素直に引き下がった。

「瀬島さま。柳田さまは刀を抜いておられましたか」

老人がきく。

「いや。鞘に納まったままだ」

「油断していたところを斬られたのだろうが、武士としてはあまりもお粗末」

老人は蔑むように言った。

「これ、ご隠居。口が過ぎますぞ」

「なあに、威張り腐っているだけで、からきし意気地のない武士だと呆れ返っておるのだ。そんな者のために、矢内さまもいい迷惑を被《こうむ》られた」

老人の悪態に、市兵衛は困った顔をしていた。

「柳田さまは、女に会いに行ったようだということでしたね」

栄次郎はもう一度、確かめた。

「さよう。さっきも言ったが、あの御仁はなかなか好色なようだったからな」

「いったい、どこで、その女と約束したのでしょうか」

栄次郎の脳裏に、またもお露の顔が掠《かす》めた。

柳田源之丞が会いに行ったのは、お露ではないのか。そして、兄という男が柳田源之丞に襲いかかった……。

あの三味線は仕込みに違いない。棹を抜くと、刀が仕込んであるのだ。

ゆうべ、あの男の三味線の糸は三本とも緩んでいた。あれは、棹を抜いたために、糸がゆるみ、音が狂ったのではないのか。

栄次郎が会ったのは、ひとを殺したあとだったと考えられないか。

あの唄声で、狙う相手を誘《おび》き出し、仕込み三味線で必殺する。

あのふたりは何者なのだ。お露は何のためにそんなことをしているのか。しかし、そう思うそばから、違うという声がする。

あのお露の楚々とした姿は、血なまぐささとは無縁のものだ。お露がそんなことをするはずがない。

栄次郎はしいてそう思おうとした。

「瀬島さま。こうしている間にも、ほんとうの下手人は遠くへ逃げてしまいますぞ。よろしいのか」

老人が叱咤するように言う。

「手配は済んでいる。矢内どの。もう、お引き上げいただいて結構」

瀬島市兵衛がうんざりしたように言った。

「では、矢内さま。参りましょう」

老人が声をかけた。

あわただしい雰囲気に包まれている問屋場を出てから、宿場の裏通りに出て、三島権現のほうに歩いて行く。

「危ういところを、お助けいただき、ありがとうございました」

栄次郎は礼を言う。

「なあに、あの瀬島さんも、矢内さんをほんとうに疑っていたのではない。それに、この宿場の者は皆、犯人を憎んでおらぬ。よくやったと喜んでいるじゃろう」

御目見得以下の下級武士は、いつも上役の顔色を窺い、こびへつらいながら毎日を過ごしているのに違いない。こうして、旅に出たときだけ、憂さ晴らしに公儀のご威光をひけらかして、やりたい放題をする。

どんな言い分があろうが、許されることではない。同じ直参として、栄次郎はやりきれない思いがした。

「でも、ご隠居はどうして私を?」

「さあ、どうしてじゃろうか」

老人はとぼけた。が、すぐに真顔になり、

「御用道中の武士の中でも、柳田源之丞は虫けら同然。そんな虫けらを殺したからといって、泣く者はおるまい」

と、遠くを見つめるように言った。

「ご老人。あなたはどういう御方なのですか。代官所の手付にも宿場役人にも顔がきくようですが」

「ただの隠居です。では、またどこかでお会いしましょう」

老人は栄次郎の前から去って行った。

栄次郎は急いで、『幸田屋』に戻った。

「栄次郎さん。よございました」

音兵衛がほっとしたように迎えた。

「ご心配をおかけしました」

奥から、吉右衛門と若党の半助が飛んで来た。

「もう、疑いは晴れました」

「よかった」

吉右衛門がふと表情を和らげた。

「音兵衛さん。じつは、瀬島さんがご隠居といっていたお年寄りに助けられたのですが、あの御方はどなたなのですか」

栄次郎がきいた。

「あの御方は、昔、宿場役人を務めていた五木屋覚右衛門《いつきやかくえもん》さんです」

「五木屋覚右衛門……」

「『五木屋』という脇本陣の主人でもあったのですが、十五年ほど前、ちょっとしたことから御公儀の逆鱗《げきりん》に触れ、旅籠を取り上げられ、宿場役人の職もやめさせられたのです」

「何があったのですか」

「以前、『伝馬の御朱印』をいただいた御直参の御用道中の侍が、三島にやって来ました」

『伝馬の御朱印』とは、御用道中の御目見得以上の武士に下付されるもので、旅先の宿々で、必要な人馬を徴発して、自由に使うことを許された命令書である。『御朱印』には将軍の印が押されている。

それに対して、御目見得以下の者が下付されるのが、柳田源之丞の持っていた『御証文』である。

公儀御用であるから、その権威は大変なもので、参勤交代の大名に出会うと、道を譲るのは大名のほうだという。

音兵衛が続ける。

「その御直参の武士は、『五木屋』に泊まり、瞽女を宴席に呼び、三味線と唄を楽しみました」

薬師院の境内にある瞽女屋敷を思い出した。この近辺では沼津にも瞽女がいるという。

「それだけならよかったのですが、この瞽女の中に、お玉《たま》という美しい女子がおりました。そのお玉に、御用道中の武士が懸想《けそう》しました。夜伽《よとぎ》に出せとの無理難題。それを、覚右衛門さんがきっぱり断ったのでございます」

音兵衛はそのときのことを感情を抑えて語った。

「覚右衛門さんの断固たる態度に、その武士は顔を真っ赤にしていましたが、どうにか収まりました。ところが、翌日、『御朱印』がなくなっていると騒ぎだしたのです」

その武士は宿の部屋の床の間に、『御朱印』を三方《さんぼう》に載せて供えていたという。朝起きたら、その三方にあった『御朱印』がなくなっていたと、その武士は騒いだのだ。

「お代官までがやって来て、大騒ぎになりました。そして、その武士が覚右衛門さんの部屋を調べろと言いだして、やむなく代官所の手付が調べました。覚右衛門さんの部屋からは見つからなかったのですが、息子の覚太郎《かくたろう》さんの部屋から『御朱印』を収めていた印籠箱が見つかったのです」

栄次郎は呆れた。

「覚太郎さんは知らないと弁明しましたが、お代官もやむなく覚太郎さんを捕らえたのです。すると、翌日、覚太郎から預かったものだが、怖くなって届けたと、金谷町に住む益三《ますぞう》という男が『御朱印』を持って名乗り出たのです。これにより、覚太郎さんは逃《のが》れられなくなり、江戸に送られ、遠島の沙汰が下ったのです。もちろん、『五木屋』は没収、問屋場からも追い出されました」

「覚右衛門どのはどうなされたのですか」

「いちおう、隠居しているということで、罪には問われませんでしたが、住む家もなくなりました。それで、町の衆が面倒をみておりましたが、妻女が五年後に病死し、覚右衛門さんはこの地でひとりで細々と暮らしているのです」

「覚太郎さんは？」

「はい。ご赦免になって、一昨年に帰って来ました。歳をとったこともあり、すっかり面変わりしていました。しかし、覚太郎さんの悲しみはいかばかりだったか。そこには、母親もなく、家もありません。おかみさんと子どももどこかへ行ってしまった。ただ、老いた父親がひとりで暮らしているだけでした」

「で、覚太郎さんは？」

「いつの間にか、ここを出て行きました」

「出て行った？」

「はい。覚太郎さんは、おとよさんというおかみさんと子どもを探しに行ったんですよ」

「その後、覚太郎さんは？」

「いえ、帰って来た形跡はありません」

「そうですか」

栄次郎はむごい話だと思った。『御朱印』の件は、何かの悪意が感じられる。

『御朱印』をその武士はわざと盗ませたのではないか」

栄次郎はいまいましげに言った。

「そうに違いありませんが、証拠がありませんでした」

音兵衛は同情したように言う。

「しかし、ひとりでは出来まい。誰か、手を貸した者がいたはずですが」

「はい。『五木屋』がつぶれると、手代の五助《ごすけ》という男が店の金を持って逐電しました」

「その五助が手を貸したと思われるのか」

「そうです。その武士にそそのかされたに違いありません」

「その後、五助は？」

「いえ。まったく行方がわかりません」

「その武士はなんという名前なのですか」

「山路三右衛門さまです」

「山路三右衛門……」

どこぞで聞いたことがある名前だと思ったが、すぐに気がついた。

新八がいつか言っていた、木曾屋と会っていた旗本だ。

「瞽女のお玉という女子はどういたしましたか」

「はい。自分のために、『五木屋』さんがたいへんなことになってしまったと、山路さまのところに出向き、お許しくださいと頼んだようです。その日の夜、お玉は山路さまに無礼討ちにあって亡くなりました」

「なんと」

栄次郎は言葉を失った。

と同時に、ふと覚右衛門のことを考えた。

その日の夕方、栄次郎は三島権現の裏手にある覚右衛門の住まいを訪ねた。掘っ建て小屋のような家だ。

物置小屋を造り替えたように思える。

軋《きし》む引き戸を開け、中に呼びかけたが、返事がない。

ため息をついて、引き返そうとすると、向こうから覚右衛門がふらふら歩いて来た。

「矢内さんか」

覚右衛門が目を細めた。

「どうなすったな」

「はい。じつは、幸田屋さんから覚右衛門さんのことをお聞きしました。それで、どうしてもお会いしたくなりました」

「なるほど」

覚右衛門は薄く笑った。

「中に入るか」

覚右衛門は小屋に向かった。

小屋の中はきれいに整頓されていた。仏壇もあり、位牌がふたつ並んでいた。ひとつは妻女のもので、もうひとつは誰のものか。

「音兵衛さんから、昔の話をお聞きしました」

「そうか。古い話だ」

「『五木屋』という脇本陣だったそうですね」

「そう。そこが今の『伊豆屋』だ」

「『伊豆屋』？」

「そうだ。そこまでは音兵衛さんは話さなかったのか」

「はい」

「伊豆屋に気兼ねしたのだろう。なにしろ、今の伊豆屋の勢いは凄《すさ》まじいからな」

「そうですか。あの『伊豆屋』は、もともとは覚右衛門さんの『五木屋』だったのですか」

「そうだ。そして、あの伊豆屋高右衛門は、別の飯盛旅籠の主人だった男だ。それが、『五木屋』を手に入れ、今では『伊豆屋』としてさらに大きくし、なおかつ、『玉木屋』という遊廓をも作ろうとしている」

「待ってください。『玉木屋』は、伊豆屋さんが？」

「そうだ。伊豆屋は手を広げているのだ。まあ、そんな話はいい。そうだ。酒がある。呑まんか」

「すみません。呑めないのです」

「なに、下戸か」

覚右衛門はおかしそうに笑った。

「結構、結構」

そう言いながら、覚右衛門は楽しそうに、手酌で勝手に呑みはじめた。

栄次郎はもっと覚右衛門から話を聞いてみたいと思った。そのとき、風に乗って三味線の音が聞こえてきた。

が、すぐにそれは消えた。

ふいに、栄次郎はお露との昨夜の出来事を思い出し、胸を切なくしていた。

第三章　素性

一

翌日の夜、夕餉を終えてから、栄次郎は裏木戸を開けて外に出た。

月はないが、星明かりが足元を照らしている。だが、路地や樹木の中は漆黒の闇だ。飯盛女のいる旅籠の裏を通ると、女の笑い声が聞こえた。

すれ違ったのは近在の若者のようだ。飯盛女のところに遊びに来たのだろう。

栄次郎は『岩田屋』に急いだ。明朝は江戸に発たねばならない。その前にもう一度、お露に会っておきたかった。

なぜ、お露のことを考えると、こうも息苦しくなるのか。生まれてはじめて味わう切ない思いだけではなく、もっと生々しい動物的な欲望も絡んでいた。

まだ、夜は浅く、『岩田屋』に今頃になって客が入って来た。

そのあとに続いて土間に入り、あわてて客ではないと断り、

「門付けのご兄妹を訪ねて来たのですが」

と、女将のような恰幅のよい女にきいた。

「ちょっと前に出かけましたよ」

「出かけた？」

またもすれ違いになった。

礼を言い、栄次郎は急いであとを追った。

門付けに出ているのだろうからと、宿場のほうに行ってみたが、ふたりの姿は見えない。裏道にも入ってみる。

途中、立ち止まり、何度も耳を澄ましたが、三味線の音や唄声は聞こえてこない。

気ばかり焦り、いつの間にか、三島権現の近くまでやって来た。

『玉木屋』の前を通り、そこから少し遠ざかったとき、はっと耳をそばだてた。

三味線の音が聞こえた。耳を澄ます。『秋の夜』だ。栄次郎はたちまち心が高鳴った。

唄声と三味の音の方角を目指した。いくつかの黒い影を見つけたが、別人だった。

三味の音を追った。

星明かりに浮かんだふたつの影。細身の体に柳腰。その後ろ姿はまさしく、お露だった。栄次郎は駆けだした。

足音に気づいたのか、ふたりの足が止まった。

「栄次郎さま」

振り向いたお露が叫ぶように言う。

「お露さん」

自分でも驚くくらいに、栄次郎は感極まったような声を出した。

「会えてよかった」

「私を探しに」

お露が目を見開いてきく。

「迷惑かと思ったが、明日、江戸に帰るので、どうしても会いたくなったんです」

栄次郎は思いの丈をぶつけるように言う。

「うれしいわ」

お露は大仰《おおぎょう》に喜ぶ。

兄が近寄って来て、

「お露。先に行っている」

と、無愛想に言った。

「兄さん」

お露が戸惑いぎみに言う。

「おまえは栄次郎さんといっしょにいろ」

「すみません、兄さん」

思いがけない言葉に、栄次郎は兄に向かって頭を下げた。

去って行く兄の背中を見送りながら、あの三味線に仕込みが、と疑ったが、栄次郎は背中にお露のぬくもりを感じた。

お露は栄次郎の背中に顔を押しつけていたのだ。栄次郎は振り向いて、お露を抱きしめた。

「ああ、いい匂いだ」

黒髪に匂う香りと、お露の柔肌の匂いが、栄次郎の鼻孔をくすぐる。

「栄次郎さま」

男の心をとろけさせるような甘美な声だ。

「あちらへ」

お露に誘われるまま、栄次郎は暗がりのほうに向かった。

その夜遅く、栄次郎は『幸田屋』の離れに帰った。

手のひらにお露の肌の感触が、そして耳朶《じだ》にはお露の恍惚の声が残っている。栄次郎は、お露の白い裸身がときにはのけぞり、ときにはしがみついてくるのを夢中になって受け止めた。

寝つけなかった。閉じた瞼の裏に、お露の顔が浮かんでくる。

うとうととしかかったとき、外が騒がしい気配に目を開けた。

半身を起こしていたが、騒ぎはまだ続いている。栄次郎は立ち上がった。

廊下に出ると、半助が起きて来た。

「なんだか騒がしいな」

「見て参ります」

半助が離れを出て行った。

しばらくして、半助が襖の向こうにやって来た。

「栄次郎さま。『伊豆屋』の主人が殺されたそうにございます」

「なに。まさか」

栄次郎の脳裏をお露の顔が掠めた。

昨夜、あのふたりはどこかへ行くところだったのだ。だが、栄次郎が現れたために、兄だけが先にどこかへ行った。

それが、伊豆屋を殺すためではなかったのか。

音兵衛がやって来るかと思ったが、誰も離れにはやって来なかった。

吉右衛門も起きて来たので、栄次郎は伊豆屋が殺されたことを話した。

「伊豆屋さんが……」

吉右衛門は絶句した。


翌朝、夜明け前に、師匠の吉右衛門と内弟子のふたりが旅支度をはじめていた。

伊豆屋が殺されるという事件が起きたが、ふたりは予定どおりに帰ることになったのだ。小田原宿の『錦屋』が待っているのだ。

栄次郎は支度をしている吉右衛門のところに行き、

「師匠、申し訳ありませぬ。私はもう一夜、こちらに滞在し、明日発とうと思います。ちょっと、見ておきたい場所がありますので」

と、ゆうべ考えたことを口にした。

「そうですか。では、私は『錦屋』さんが待っていますので」

栄次郎は、帰りには、いくつかの名所旧跡をまわって帰ると話してあるので、吉右衛門はさして驚くことなく答えた。

提灯を持ち、吉右衛門と内弟子のふたりは『幸田屋』をあとにした。

栄次郎と音兵衛は宿場の外れまで見送った。

新町橋手前の見付で、代官所の手付の瀬島市兵衛ら数人が、待ち構えていた。

「矢内どのか」

瀬島市兵衛が言う。

「また、昨夜殺しがあったようですね。伊豆屋さんが殺されたそうではありませんか」

栄次郎はきいた。

「さよう。したがって、念のために、宿場を出る者にはいちおう身元を調べさせていただいている」

「私はもう一日、ここに留まるつもりです」

栄次郎は言う。

「そうか。それは賢明なご判断ですな」

市兵衛は旅装姿の吉右衛門師匠に目をやった。

「瀬島さま。こちらは私の浄瑠璃の師匠の杵屋吉右衛門さまにございます」

すかさず、音兵衛が前に出て言う。

「うむ。わかっておる。よろしい」

市兵衛はあっさり言った。

吉右衛門は市兵衛に頭を下げてから振り返り、

「いろいろお世話になりました」

と、音兵衛に礼を言った。

「こちらこそ、ありがとうございました。ただ、このような事態になって、申し訳ございません」

音兵衛が頭を下げる。

「師匠、お気をつけて」

栄次郎も声をかける。

「では、吉栄さん。私のぶんも伊豆屋さんにお悔やみを」

吉右衛門は言い、踵を返して箱根路に向かった。箱根を越え、今夜は小田原宿の海産物問屋『錦屋』に泊まるのだ。

吉右衛門の姿が見えなくなってから、栄次郎は再び、瀬島市兵衛の前に立った。

「伊豆屋さんが殺された様子を教えてもらえませんか」

栄次郎は市兵衛にきいた。

「さよう。柳田源之丞どのを殺した者と同じ下手人だ」

市兵衛は、困惑した表情で言う。

「では、やはり小太刀で？」

「うむ。いったい、何者か」

「よそ者とお考えですか」

「いや。じつは……」

「何か」

「伊豆屋の死体の傍に、書置きがあった」

「書置き？　まさか、下手人の」

「そうだろう」

「どのような？」

栄次郎はきいた。

「これだ」

市兵衛は懐から紙切れを取り出した。

槍はさびてもその名はさびぬ　昔忘れぬ落差し

「これは」

覚えず、栄次郎は音兵衛の顔を見た。

「栄次郎さま。ほんとうのことになりました」

音兵衛も目を瞠っていた。

「やはり、沼田次郎兵衛という武士の仕業なのでしょうか」

七年前、『伊豆屋』で、江戸の商人が大坂で商売をして手に入れた五十両を盗まれたと騒ぎだした。その疑いが、身形《みなり》の貧しい沼田次郎兵衛にかかった。次郎兵衛の部屋で、五十両が見つかったのだ。三島陣屋に連れて行かれ、詮議を受けた。

次郎兵衛は、拙者ではないと言い張るのみで、藩の名も名乗らなかった。やがて、その武士はある藩の武士だと判明したが、その藩では、とうに脱藩した者であると、関わり合いを拒否した。

やがて、その武士が持っていた五十両の金の出所がわかった。家宝の槍を刀剣屋に売ったのだという。

妻女の病気療養のために、先祖伝来の槍を手放したのだった。

つまり、その武士は無実だったという。だが、この騒ぎで、武士の妻女の体は急変し、そのまま不帰のひととなった。武士は浪々の身となり、いずこかに消え去ったというものだった。

そういう話を、栄次郎は音兵衛から聞いていた。

「伊豆屋さんは、沼田次郎兵衛に対して用心していたようですが」

栄次郎は市兵衛にきいた。

「さよう。槍はさびても名はさびぬ、昔忘れぬ落差し——この文句は、沼田次郎兵衛の末路を思わせる。おそらく、浪々の身となった次郎兵衛が復讐のために、三島にやって来たのであろう。そういうことで、伊豆屋は我らにも、警戒してくれと言っていた」

「では、沼田次郎兵衛を探しているのですか」

「そうだ」

「では、柳田どののほうは？　柳田どのも、沼田次郎兵衛がやったというのですか」

「わからぬが、次郎兵衛と何かあったのではないか」

「何かとは？」

「わからぬ」

「つまり、柳田どのの殺しは偶発的なものだ、ということですね」

「そういうことだ」

そこに、また新たに旅人がやって来た。

しかし、商人ふうの若い男なので、市兵衛はちょっと声をかけただけで、そのまま行かせた。

栄次郎は、どうにも腑に落ちなかった。沼田次郎兵衛の復讐だとしたら、なぜ、江戸で木曾屋と研屋久兵衛は、殺されなければならなかったのか。

いずれも小太刀で腹部を斬られているのであり、同じ下手人であろう。栄次郎の脳裏に、お露兄妹の姿が掠めた。

いったん、栄次郎は音兵衛とともに『幸田屋』まで戻った。

離れの部屋に入り、もうひと寝入りしようとしたが、目が冴えて眠れない。

確かに、伊豆屋殺しだけを見れば、沼田次郎兵衛の仕返しと考えられなくもない。

柳田源之丞のことについても、何らかの偶然で、次郎兵衛は源之丞に正体を知られてしまった。だから、斬ったとも考えられなくもない。

だが、瀬島市兵衛は、江戸のふたつの事件を知らないのだ。まったく同じ手口の殺しが、江戸で二件、三島で二件。

もし、市兵衛が江戸の事件を知っていたら、次郎兵衛の仕業ということに疑問を持つだろう。

だが、栄次郎は市兵衛に江戸のことを言うわけにはいかなかった。江戸と三島、両方の現場近くにいたのがお露兄妹なのである。

あの兄妹が何者かわからない。だが、もはや、栄次郎はあのふたりが一連の殺しに関わっているのは間違いないように思えた。

そのとき、あっと思った。

栄次郎はあわてて部屋を飛び出した。

二

栄次郎は木賃宿の『岩田屋』に駆け込んだ。

土間にいた女中が、ふたりは今朝早く出立しましたと言った。

「どっちへ行ったか、わかりますか」

栄次郎は急いできく。

「街道を下って行きました」

「江戸のほうですね」

「そうです」

だが、この先で、下田街道と甲州路への分岐点がある。江戸に向かったかどうかわからないが、ふたりは江戸に向かったのだと確信した。

すぐにでも出立したかったが、もう昼近い。今朝早く出たふたりは、今夜は小田原まで行くつもりだろう。小田原まで八里（三十二キロ）である。関所の門は暮六つ（六時）に閉じてしまう。今から出ても、小田原までは行けない。

しかし、箱根宿まで行っておけば、明日早めに関所を通過し、小田原宿の先まで行ける。よし、今夜は箱根宿に泊まろうと決め、栄次郎は『幸田屋』に向かった。

その途中、手付の瀬島市兵衛が覚右衛門を引き連れて行くところに出くわした。覚右衛門は縄で縛られている。

栄次郎は駆け寄った。

「覚右衛門さん。どうしたのですか」

栄次郎に気づき、瀬島市兵衛が口許を歪めた。

「矢内どの。邪魔立ては許さんぞ。覚右衛門には伊豆屋殺しの疑いがかかっているのだ」

　市兵衛は覚右衛門を呼び捨てにした。

「まさか。だって、下手人は小太刀の名手ではないのですか」

　栄次郎は抗議した。

「もちろん、覚右衛門が手を下したわけではない。殺しの手引きをしたのだ」

「手引きを？」

「そう。昨夜、伊豆屋は覚右衛門の呼び出しを受けて家を出て行ったことがわかった。おそらく、誘《おび》き出した先で、沼田次郎兵衛が待ち伏せていたのであろう」

　市兵衛は自信に満ちて答えた。

「どうして、覚右衛門さんがそんな真似を？」

「矢内さん。いいのだ。いいのだ」

　覚右衛門は笑っていた。

「よいか。矢内どのは知るまいが、覚右衛門は以前は『五木屋』という脇本陣の主人だったのだ。ところが、不始末をしでかし、廃業に追い込まれた。その『五木屋』のあとを引き継いで、今の『伊豆屋』にしたのが殺された伊豆屋高右衛門なのだ。覚右衛門も伊豆屋に対して含むところがあった。だから、沼田次郎兵衛に手を貸したのだ」

　市兵衛は容赦なく言い放った。

「沼田次郎兵衛らしき者が、この宿場にいることは確かなのですか」

「旅籠に泊まっていたとは限らない。覚右衛門がどこかに匿っていたことも考えられる」

「しかし、あなた方も、伊豆屋さんから頼まれ、警戒していたのではありませんか。次郎兵衛らしい浪人がいたら、見つけることが出来たのではありませんか」

「だから、この覚右衛門がこっそり匿っていたのだ。あの文の筆跡は覚右衛門のもの」

　市兵衛はてんから決めつけている。

　栄次郎は陣屋に引き立てられて行く覚右衛門を呆然と見送った。

　確かに、伊豆屋は覚右衛門の旅籠のあとを継いだ、いやそう言えば聞こえはいいが、もっと悪く言えば、混乱に乗じて覚右衛門の旅籠を乗っ取った男だ。

　覚右衛門も沼田次郎兵衛も、ともに伊豆屋に恨みを抱いているのは間違いない。そこで、ふたりが結びついたことは考えられる。

だが、江戸での事件とあわせて考えたら、それだけでは説明がつかないのだ。

いったい、お露兄妹は何者なのだ。伊豆屋とどういう関係があるのだ。あるいは、沼田次郎兵衛に所縁《ゆかり》の者なのか。

考えがまとまらないまま、栄次郎は『幸田屋』に帰って来た。

離れの部屋に入ると、音兵衛が表情を曇らせてやって来た。

「覚右衛門さんが捕まったのをご存じですか」

「ええ。帰る途中、陣屋に引き立てられる覚右衛門さんに出会いました。覚右衛門さんは穏やかな顔で笑っていました」

栄次郎は覚右衛門の顔を思い出して言う。なぜ、あのような穏やかな顔でいられたのか。まさか覚右衛門は、今度の事件に関わりがあるとでもいうのか。

「音兵衛さんはどう思いますか」

「じつは、疑いが晴れて、お解き放ちになったあと、しばらく沼田どのは覚右衛門さんの住まいにやっかいになっていたことがあるのです」

「なるほど。ふたりは、お互いの不運をなぐさめあっていたのですね」

「はい。それと、あの槍さびの文句ですが、あの文字の筆跡が覚右衛門さんによく似ているというのです」

「瀬島どのがそんなことを言っていました。それは、間違いないのですか」

「はい」

「誰が、それを？」

「伊豆屋さんの伜です。でも、私も似ていると思いました」

「そうですか」

栄次郎は吐息を漏らした。

きょう、すぐに三島を出立し、箱根宿まで行くつもりになっていたのだが、思わぬ出来事に遭い、出立しそびれた。

夕方になって、また音兵衛が離れにやって来た。今度はさらに深刻そうな顔つきだ。

「覚右衛門さんが白状したそうにございます」

「白状？　沼田次郎兵衛の手引きをしたことをですか」

「そうです」

「ちょっと出かけてきます」

いきなり、栄次郎は立ち上がった。

音兵衛があっけに取られて、栄次郎を見た。

栄次郎が駆けつけたのは三島陣屋だった。

門の前に立ち、

「お願いです。覚右衛門さんに会わせていただけますか」

と、栄次郎は門番に訴える。

「それは出来ません」

顎の長い門番が意地悪そうな目を向けて言う。

「そこをなんとかお願いしたい。どうぞ、瀬島市兵衛さまをお呼びください」

押し問答を繰り返していると、騒ぎを聞きつけたのか、奥から瀬島市兵衛が出て来た。

「瀬島どの。どうか、覚右衛門さんに会わせていただきたいのです」

「それは無理ですな」

市兵衛は冷たく言う。

「出来ませぬか」

「とっととお帰りください」

瀬島市兵衛は顔をしかめて言った。

栄次郎は迷った。権力の威光を嵩に着て、横柄な態度をとり、無理強いをする。そういう武士を、栄次郎は侮蔑している。権威により横車を押す行為に対して、栄次郎は怒りさえ覚える。

だが、今は栄次郎はもっとも自分が唾棄すべきことをやろうとしている。背に腹は替えられないと思った。

栄次郎は懐から書付けを取り出した。岩井文兵衛から預かったものだ。

「瀬島どの。これをご覧あれ」

栄次郎は居丈高になって言った。

なに、という顔つきで、市兵衛は書付けに顔を近づけた。

そして、あっと顔色を変えた。

「これは御公儀より、勝手たるべしとお言葉をいただいたものである。これがお目に入られたら、お代官どのをここにお呼びいただきたい。直々にお頼みしてみる」

栄次郎が威厳に満ちた顔で言うと、瀬島市兵衛は顔を青ざめさせて平伏した。

もちろん、栄次郎に対して頭を下げたのではない。御朱印の押された書付けに対して頭を下げたのだ。栄次郎はそのことは十分にわかっていた。

「いや。それには及びませぬ。すぐ、覚右衛門とのこと、取り計らいます」

市兵衛は朋輩の手代に言いつけた。

年下の手代が奥に向かって走って行った。

「さあ、こちらにございます」

市兵衛が先に案内に立った。

栄次郎は忸怩《じくじ》たる思いにかられた。いくら、緊急の場合とはいえ、権力の威光を利用して相手を屈伏させたのだ。

自己嫌悪に陥りながら、栄次郎は牢屋に向かった。

市兵衛は、仮牢に案内した。

牢内で、覚右衛門が背中を丸くして座っていた。

「中に入れてください」

栄次郎は頼んだ。

「それは……」

市兵衛が戸惑いを見せた。御朱印の押された書付けを持つ者を仮牢に入れることに怖じ気づいたのであろう。

「それでは、覚右衛門を外に出します」

そう言い、市兵衛は覚右衛門を出すように、門番に命じようとした。

「いえ、中で構いません」

栄次郎が押して言うと、やっと市兵衛は承知した。

扉が開き、栄次郎は三尺ばかりの潜り口に身を屈めて入った。

覚右衛門が訝しげに栄次郎を迎えた。

「矢内さん。どうなさったのかな」

覚右衛門は落ち着いていた。

「あなたに、お尋ねしたいことがあってやって来ました」

「はて、なんでしょう」

仮牢の外に誰もいない。聞かれる恐れはないが、栄次郎は声をひそめた。

「門付け芸人の兄妹とはどのようなご関係ですか」

「なんのことやら」

覚右衛門は目を細めた。

「お隠しあるな。あの兄のほうの三味線は仕込み。違いますか」

覚右衛門の顔色が変わった。

「御用道中の柳田源之丞、そして伊豆屋を殺したのは、あの者たち。違いますか」

「それは……」

眉間に皺が寄り、覚右衛門の表情は苦渋に満ちたものとなった。

「信じてください。私はこのことを誰にも言うつもりはありませぬ。ただ、知りたいのです」

「矢内さん。どうか、ご容赦を。伊豆屋とあの侍を殺したのは、沼田の亡霊。私が、それに手を貸した。そういうことでございます」

「柳田源之丞はどうして?」

「あの威張り腐った態度が気に入りませんでした」

「十五年前、無理難題を押しつけた旗本と同じ種類の人間だということですね」

「そうです。私は柳田源之丞を見て、十五年前を思い出し、許せないと思ったのです」

「あの兄妹は何者なのですか」

「どうぞ、ご勘弁ください」

「では、これだけ教えてください。あの兄妹は三島を発ち、どちらに行ったのですか」

覚右衛門は口を閉ざした。

「私はお露さんに会いたいのです」

栄次郎は夢中で言った。

「お露さんに?」

覚右衛門は不思議そうな顔をした。

「はい。私は、お恥ずかしい話ですが、お露さんのことが忘れられないのです。あのひとに会いたいのです。決して、おふたりの邪魔立てをするつもりはありませぬ。ただ、わけを知りたいのです」

覚右衛門は目を閉じた。迷っているのか。

「お願いします。お露さんに会わせてください」

栄次郎はなりふり構わずに頼んだ。

しばらくして、覚右衛門は目を開けた。

「江戸です」

「江戸のどこに行けば会えるのですか」

すがりつくように、栄次郎はなおもきく。

「入谷坂本町だと聞いています」

「入谷坂本町ですね」

栄次郎は確かめてから、

「あなたは、これからどうするおつもりですか」

と、改めて覚右衛門の行く末を心配した。

「沼田の意趣返しに手を貸したのですから、素直にお裁きを受けなければなりますまい。なあに、どうせ、ひとり暮らし。泣く者もおりませぬ」

覚右衛門は覚悟を固めたような毅然たる態度を崩さなかった。

「もう一度、旅籠を再興なさろうとは思わないのですか」

栄次郎ははがゆい思いできいた。

「私も老いぼれました。第一、無理なことにございます」

「そんなことはわかりません。それに、息子さんがいらっしゃるとお聞きしました」

「行方はわかりませぬ」

微かに、覚右衛門の目が光った。

「ひょっとして」

そのとき、栄次郎はある考えを持った。

しかし、口にしても、覚右衛門が正直に答えるとは限らない。

「私は明日ここを発ちます。江戸で、もし、あなたの息子さんにお会い出来たら、なんとお伝えしましょうか」

覚右衛門はじっと栄次郎の目を見つめていたが、

「父は元気だと。そうお伝えください」

と言い、頭を下げた。

「わかりました。覚右衛門さんもお達者で」

いたわりの声をかけて、栄次郎は牢を出た。

『幸田屋』に引き上げると、栄次郎はさっそく明日江戸に発つことを音兵衛に伝えた。

数日間の滞在だったが、いろいろなことがあり、いざ三島を離れるとなると、ちょっぴり感傷的になった。そして、やはり、お露の顔が脳裏を掠め、またも息苦しくなるのだった。


翌日の未明、栄次郎は三島宿を出立した。

問屋場で、馬を用意させることは出来るが、これ以上、権威をかざして勝手な真似をしたくなかった。

朝靄の中を新町橋まで、音兵衛の見送りを受けて、栄次郎と供の半助は歩いて箱根路へと向かった。

途中、振り返ると、雄大な富士が栄次郎を見送っていた。

山中城や早雲寺などに寄らず、一刻も早く、お露のいる江戸へと、気が急《せ》いた。だが、箱根宿で、おゆうやお秋への土産を買うのを忘れなかった。

三

小田原、平塚と泊まり、三日後の夜、栄次郎は本郷の屋敷に帰って来た。

「栄次郎、無事であったか」

いつも気難しい顔をしている兄が、目尻を下げて迎えた。

「はい。このとおり元気です」

足を濯《すす》ぎ、部屋に行き、旅装を解いてから、母が待つ仏間に行った。

「母上。ただいま、帰りました」

「栄次郎。ごくろうさまです。お父上にもご報告を」

「はい」

仏壇には灯明が上がっていた。

母は毎日、栄次郎の無事を祈っていたのだとわかった。

仏壇に合掌してから、栄次郎は母の前に進み、改めて帰って来た挨拶をした。

「長い間、留守をいたしまして申し訳ありませんでした」

母はじっと栄次郎の顔を見ていた。その目に戸惑いの色があった。

「母上、何か」

「あっ、いいえ。無事で帰って来てなにより。さあ、お疲れでしょう。旅の汗でも流してきなさい」

「はい」

栄次郎は風呂を出てから、兄の部屋に行った。

「兄上。いろいろありがとうございました。留守中、何も変わったことはありませんでしたか」

「うむ、ない。ただ、母上がやはり寂しそうだったな。で、どうだった？　うまくいったのか」

すぐに三味線のことだと気づかなかったのは、やはり脳裏からお露のことや事件のことが離れないからだ。

「どうした？」

兄が不審顔になった。

「ええ。うまく、いきました。そうそう」

栄次郎は懐から懐紙に包んだ三両を取り出し、

「じつは、過分な謝金をいただきました。私には多すぎますので、もしよろしかったたら兄上、お使いいただけませぬか」

「なにつまらぬ真似を」

兄は不機嫌そうな顔になった。

だが、本音ではないことは、長いつきあいでわかっている。

「いえ。私が持っていても無駄ですので。兄上には失礼かと思いましたが、どうかお気に召さないでしょうが、お受け取りいただければ、私も助かります」

栄次郎は包みを兄の膝前に押し出した。

「しょうがない奴だ。よいか、もうこのような真似をするのではない」

そう言って、兄は包みに手を伸ばした。そして、手にした瞬間、表情が微かに変わった。三両の重みに気づいたのだ。

栄次郎の顔を見て、兄はぽつりと言った。

「助かる」

懐に素早く仕舞い、兄は元のような厳しい顔つきになって、

「今夜は疲れているだろうから、向こうでのことは明日にでも改めてきこう」

兄は不機嫌そうな顔で、やさしく言った。

翌朝、旅の疲れはあるが、いつものように居合の素振りをし、朝餉をとり終えてから、兄栄之進の部屋に行った。

「兄上、例の『玉木屋』のことですが」

「ああ、あのことか。で、何かわかったか」

「料理屋とは名ばかりで、遊廓を作ろうとしているようです」

「なに、遊廓だと」

栄之進は微かに目を細めた。

「それから、『玉木屋』は脇本陣の『伊豆屋』の主人高右衛門がやっているそうです。それより、兄上。その伊豆屋が殺されました」

「なんだと」

「その下手人として、沼田次郎兵衛という浪人に、その手助けをした元『五木屋』の主人の覚右衛門が捕まりました」

そう前置きして、沼田次郎兵衛の無念の出来事や、『五木屋』がどのようにして取りつぶされ、そのあと『五木屋』がどのようにして『伊豆屋』となったかを、話した。

「その旗本というのが若き日の山路三右衛門どのでございました」

「山路どのか」

栄之進は腕組みをし、少し考えるような仕種をした。

「何か」

「いや。栄次郎、よくやった」

あわてて腕組みを解き、栄之進は弟栄次郎をたたえた。

四つ(十時)前に、栄次郎は屋敷を出た。

十日ほど離れただけだが、江戸の町に一気に冬の気配が漂いはじめていた。

湯島の切通しから眺める上野の杜や不忍池の周辺の風景に、いよいよ迎える厳冬に備え、身構えているような厳しさが見られた。

栄次郎は鳥越神社の近くにある杵屋吉右衛門師匠の家の格子戸を開けた。

「おう、栄次郎さん。帰って来ましたか。早かったのですね」

吉右衛門が声をかけた。

「はい。きのうの夜、帰り着きました。いろいろ、お世話になりました」

「いや。こちらこそ。ごくろうさまでした」

そのうちに、新八やおゆうもやって来た。

「栄次郎さん」

おゆうは泣きそうな顔で、栄次郎の前に座った。

「おゆうさん。どうしたんだね、その顔は？」

栄次郎は苦笑してきく。

「だって、栄次郎さんがずっといないんですもの」

おゆうは甘えるように言い、さっと真顔になって、

「栄次郎さん。もう、どこへも行かないのでしょう」

と、問い詰めるようにきいた。

「行かないさ」

そう答えたあと、栄次郎はふと三島の覚右衛門の顔を思い出した。

覚右衛門の住まいを訪ねたとき、仏壇に位牌はふたつ並んでいた。ひとつは妻女のものだ。もうひとつは誰のものだろうか。あの位牌には、名前が書いてなかったような気がする。

「栄次郎さん」

気がつくと、おゆうが不思議そうな目を向けている。

「どうか、なさったのですか」

「えっ」

「だって、私が声をかけているのにぜんぜん聞こえてないみたいだったでしょう」

「それは失礼。ちょっと考え事をしていたので」

「まあ」

おゆうがふくれた。

「そうそう、おゆうさんに土産を買って来たのだ。はい、これ」

「まあ。きれい」

おゆうの顔が明るくなった。

箱根宿で買い求めた、寄木細工の小箱である。

おゆうの機嫌が直ってから、栄次郎は新八に目配せをして師匠の家を出た。

すぐに新八が追って来た。

ふたりは鳥越神社の鳥居をくぐった。

拝殿に向かわず、境内の隅にあるひとけのない祠のほうに向かった。

「木曾屋殺しと研屋久兵衛殺しはどうなりましたか」

「お手上げのようです」

「そうですか。じゃあ、菅井さんも困っていることでしょうね」

同心の菅井伝四郎のしかめっ面を思い出したが、すぐに、

「で、何かわかりましたか」

　と、栄次郎はきいた。

　新八には、木曾屋と研屋久兵衛のことを調べてもらっていたのである。

「ええ。殺された木曾屋は先代に気に入られて、娘婿になったってことです。もともとの奉公人ではなく、あの旗本の山路三右衛門の口添えがあったそうです」

「なぜ、山路三右衛門がそこまで」

「さあ、そこまではわかりませんが、古くからのつきあいのようでしたね」

　材木問屋と勘定吟味役では、仕事上ではつながらない。

「婿に入る前は、どこの人間だったのだろう」

「どうも江戸ではないようです」

「江戸ではない？」

「はい、当時を知っている番頭に、それとなく聞き出したんですが、最初は木曾屋の離れに居候をしていたそうです。そのうちに、先代が気に入り、婿に迎えたと」

「もうひとりの研屋久兵衛については何かわかりましたか」

「いえ、それが、この男もよくわからないのです。ただ、山路三右衛門が刀の研ぎを久兵衛に依頼していたようです」

「なるほど。ふたりとも、山路三右衛門つながりか」

栄次郎は思いついたことがあった。

「だんだん、わかってきたような気がします」

おそらく、木曾屋も研屋久兵衛も何らかの形で、三島宿にかかわりのある者ではないのか。そして、山路三右衛門が三島の『五木屋』に投宿し、あのような事件を起こしたことからつながりが出来たのではないか。

十五年前、山路三右衛門は三島の脇本陣『五木屋』に宿泊した。そこで、『御朱印』を盗まれるという出来事があったが、真相は『五木屋』の手代の五助が盗み出し、益三という男に渡した。その益三が怖くなって、代官所に訴え出た。そのとき、益三はこう訴えた。『五木屋』の若旦那から預かったのだと。

だとすれば、五助が木曾屋に婿入りをし、今では代を継ぎ、益三が研屋久兵衛となって研屋になった。

そう考えれば、辻褄が合う。栄次郎は自分の考えが間違えていないような気がした。

つまりは、お露兄妹も、十五年前の事件に関係しているのだ。すると、ふたりの今度の狙いは山路三右衛門ということになる。

では、あの兄妹は何者だろうか。

あのお露の喉は天性のものだろう。天賦の才は親譲りに違いない。

栄次郎はお玉という瞽女を思い描いた。山路三右衛門に斬り殺されたお玉に子どもがいたのではないか。

瞽女は男と契《ちぎ》ってはならぬという掟があるらしい。だが、その掟は表立ってのもの。今度の旅で、物事には表裏があることを知ったのだ。

規則でこうなっているから、絶対にそうであろうということはない。なんでも、抜け道があるのだ。

お玉に、好きな男との間に、子どもが生まれたとしても不思議ではない。

三島宿で起きたことをすべて新八に話したあと、

「新八さん。お願いがあるのですが」

と、栄次郎は切り出した。

「三島に行けというのですね。いいですよ」

新八が察して言う。

「行ってくれますか」

「ええ。栄次郎さんのお役に立てるのなら喜んで」

栄次郎に助けてもらったことを、新八はいまだに恩に感じているのだ。

木挽町の料理屋からの帰りだった。栄次郎が三十三間堀沿いを歩いていると、紀伊国橋の下に隠れた男を見た。そのあとで、五人ほどの武士が追いかけてきた。栄次郎は橋の下の男のことを黙っていた。やがて、追手の武士が遠ざかってから、橋の下の男に声をかけたのだ。それが新八だった。

新八は旗本屋敷に忍び込んで、どじを踏み、逃げて来たのだ。足に怪我を負っていた。

このときのことを、新八はずっと恩に感じているのだ。

「木曾屋と研屋久兵衛は必ず三島に関係している人間だと思う。まず、木曾屋は『五木屋』の手代の五助。久兵衛は研屋の内弟子だった益三。それから、瞽女のお玉という女に子どもがいなかったか、それを調べて来てくれますか」

「よございますとも。明日にでも早速行ってきます」

まるで、近所にでも出かけるような感じで、新八は請け合った。

新八と別れてから、黒船町のお秋の家に行った。

土間に入って行くと、お秋が飛び出して来て、栄次郎にしがみつかんばかりになって、

「よう、ご無事で」

と、大仰に喜んだ。

二階の部屋に上がって、改めてお秋が、

「お帰りなさい」

と、挨拶をした。

ここでも、土産を渡すと、お秋は目を潤ませた。

すると、お秋がちょっと小首を傾げるような仕種《しぐさ》をした。

「どうしましたか」

「なんだか、栄次郎さん。少し感じが違うみたい」

「えっ、そうですか」

「ええ」

「久しぶりに逢ったせいでしょう」

「そうかしら」

お秋はそう呟いたが、やがていつもの調子になり、積もり積もった話をしはじめた。

与力の旦那の悪口や、この前に来た逢い引き客の噂だとかの話である。

お秋の家に帰ったのだという思いがした。

さんざん話をしたので、満足したのか、お秋が機嫌よく部屋を出て行ったあと、栄次郎は窓辺に寄り、障子を開けた。

冷たい川風が入り込んだ。

栄次郎はそこに腰を下ろして手すりに寄りかかった。

遠くに舟が見える。雲が流れていた。しかし、栄次郎の思いは三島宿での、あの夜に向かっていた。

お露はあどけない顔に妖艶な笑みを浮かべて、栄次郎を誘い込んだ。お露の妖しげな色気が栄次郎を虜にした。

女子とはこういうものなのか、と栄次郎には新鮮な驚きがあったが、あのお露の、心を蕩けさせるような甘い吐息が、栄次郎の心をまどわす。

会いたい、お露に会いたいと、栄次郎は思った。

気がつくと、栄次郎は立ち上がっていた。

夕飯をいっしょにというお秋の声を振り切って、栄次郎は家を出た。

陽はゆっくりと西に傾き、黄昏時《たそがれ》を迎えようとしていた。栄次郎は入谷に向かうのに、浅草寺の裏手を通った。

本堂裏手にある念仏堂の脇を通る。そろそろお十夜だ。この月の六日から十五日までの十日間、浄土宗の寺院にて十日十夜の法行がある。この念仏堂でもお十夜が行われ、多くの善男善女が集まって来るのだ。

栄次郎は境内を出てから浅草田圃に入り、さらに入谷田圃を抜けた。その頃になると、西陽が顔の真正面から射してきた。

ようやく、入谷坂本町にやって来た。お露に会えるかと思うと、栄次郎は心の臓の鼓動が激しくなった。そして、息苦しくなるような切なさに襲われた。

栄次郎は感應寺という寺を探し、その寺の裏手に行った。

そこの雑木林の奥に、柴垣に囲まれた小さな家があった。その向こうに別な寺の本堂の屋根が見える。寺に囲まれた一帯だ。

栄次郎は近づいた。だが、急に足が重たくなったような気がした。その柴垣の向こうに行ってはならない。そんな声が聞こえたような気がした。

その声の主はわかった。今までの栄次郎だ。何事にもさわやかに、明るく生きてきた栄次郎が叫んでいるのだ。

行くな。行ってはならぬ、と耳許で叫ぶ。だが、もうひとりの栄次郎が、お露が待っているぞ、と囁いた。

お露の白い裸身が瞼に浮かぶ。

ふたりの栄次郎のせめぎ合いの中で、だが運命に導かれるように、栄次郎はついに門に手をかけていた。

それでもためらっていると、ふいに格子戸が開き、黄八丈の着物のお露が顔を出した。

お露の目に、驚愕とともに喜びの色が浮かんだのを見逃さなかった。いきなり、お露が駆け寄った。

「栄次郎さま。ほんとうに栄次郎さま」

うわ言のように叫びながら、お露はむしゃぶりついてきた。

「お露さん。会いたかった」

栄次郎も、お露の激しさに呼応したような切ない声を出した。

しばらく、抱き合ったあと、やっと我に返ったようになり、

「さあ、お入りになって」

と、お露は栄次郎の手をとり、家の中に連れて行った。

「お出かけになるところではなかったのですか」

栄次郎は気にした。

「いえ。構いません」

こぢんまりした平屋で、小さな庭に面した部屋に栄次郎は通された。

栄次郎が腰を下ろすと、お露が横に座り、栄次郎の胸にしなだれかかった。

「お会い出来てうれしい」

「私もだ。会いたかった」

栄次郎はお露の肩に手をまわした。

髪の香り、柔肌の匂い、さらには耳許にかかる熱い吐息に、栄次郎はふと我を忘れそうになった。お露には、いろいろ確かめたいこと、問いたださねばならないことがありながら、栄次郎は本能に負けて、そのことを言い出せなかった。

「栄次郎さま。向こうに」

お露は恥じらいながら誘った。

隣りの部屋に、お露のふとんが敷いてある。会った早々に、動物的な行動に出る己をいやしいとは思わなかった。自然な形で、本能の赴くままに、栄次郎はお露の帯を解いた。

栄次郎のぎこちない愛撫に、お露はしなやかな体をのけぞらせ、嵐のような時を過ごした。

気がつくと、部屋の中は真っ暗になっていた。

栄次郎は暗い天井を見つめている。一瞬、誰かの顔が過《よぎ》ったが、誰だかわからなかった。兄でもない母でもない。おゆうか。いや、お秋だろうか。

それにしても、喜悦を味わったあとだというのに、なぜ、こんなに寂しいのか。まるで、お露は泡雪のようにそのまま消えてしまいそうだった。そんな儚《はかな》さが、栄次郎を落ち着かなくさせているのだ。おそらく、あの疑いのせいだ。

「お露さん」

栄次郎は目を天井に向けたまま声をかけた。

「はい」

お露は栄次郎の裸の胸に頬を押しつけた。

そのぬくもりを感じ、栄次郎は声が喉元で止まった。そして、栄次郎の口から出たのは、言おうとしたのとはまったく別の言葉だった。

「このまま、ふたりでどこか遠くへ行ってしまいたい」

栄次郎は言ったあとで、自分でも驚いていた。だが、すぐに、これは自分の本心なのだということに気づいた。

「私も」

胸に生暖かいものが触れた。お露の唇だと思ったが、涙だった。お露は泣いていた。

「ずっとお傍を離れたくない」

お露はかすれる声で言った。

栄次郎は胸の中に熱いものが流れるのを感じた。もう自分に何もなくていい。お露さえいてくれたら、母や兄や、そして岩井文兵衛からも見捨てられてもいい。そんな思いにかられた。

静かで、落ち着いた時が流れた。お露の柔肌のぬくもりが栄次郎をやさしく包んでいる。こんな穏やかな気持ちははじめてと言っていい。

どれほど、時間が経っただろうか。別の部屋から物音がした。

栄次郎ははっとした。

「兄さんだわ」

お露が顔を離して言う。

栄次郎もあわてて起き上がり、衣服を身にまとった。

先に居間に行くと、行灯《あんどん》に明かりが灯り、長火鉢の前で、お露の兄が厳しい顔で長煙管を手に座っていた。

だいぶ前から帰って来ていたようだ。

「お邪魔しております」

面映《おもはゆ》い気持ちで、栄次郎は兄の前に座った。

「よく、ここがわかりやしたね」

不機嫌そうな顔で、兄は言う。

「はい。覚右衛門さんから教えてもらいました。覚右衛門さんは陣屋に連れて行かれました」

苦い顔で、兄は煙を吐いてから、

「そうですかえ」

と、ぽつりと呟くように言った。

「兄さん」

お露がやって来た。栄次郎との情事を物語るように、ほつれ毛が口にかかっていた。

それを何気ない仕種で、お露は掻き上げた。

「じつは。覚右衛門さんは……」

「栄次郎さん」

手を上げて、兄は制した。

「そこまでお送りいたしましょう」

そう言い、兄は立ち上がった。追い返そうとしているのだ。

お露を見ると、すまなそうな顔をしていた。

「お露さん。また、来ます」

「はい。お待ちしています」

栄次郎は兄のあとを追うように玄関に向かった。

提灯を持って、兄が外に出ていた。

お露に心を残しながら、栄次郎は門を出た。

どんよりした空で、辺りは真っ暗だった。

「あの家に、ずっとお住まいなのですか」

提灯の明かりに足元を照らされて歩きながら、栄次郎はきいた。辺りは寺が多く、暗闇が続いている。

「いえ、二カ月前あたりから」

「あなた方は、覚右衛門さんとは」

「いずれ、お話をすることもありましょう。きょうのところはご勘弁ください」

兄は話すことを拒んだ。

「わかりました」

栄次郎は素直に引き下がった。

「ただ、もし、私が出来ることがあれば、何でもお手伝いさせてください」

兄は何も言わなかった。

鬼子母神の前に来たところで、

「ここで結構です。お露さんのところに帰ってあげてください」

「それじゃ、ここで。これをどうぞ」

兄は提灯をよこした。

「だいじょうぶです」

「この先、暗い道が続きます。どうぞ、お使いください」

「そうですか。それでは遠慮なく」

「それから、あっしは辰三《たつぞう》と申します。じゃあ、これで」

提灯を借り、栄次郎は辰三と別れて、上野山下に向かった。

ひとりになると、お露のことが思い出され、再び体が燃えるように熱くなった。

四

二日後、栄次郎は師匠の前で三味線の稽古をしていた。

正月のお浚い会に備えて、長唄の『宝船』の稽古をはじめたのだ。

正月二日の夜、良い初夢を見るために、宝船の絵を枕の下に敷いて寝るという風習は足利時代にはじまったというが、江戸ではその風習が盛んで、正月二日の昼過ぎから夜にかけて、半紙に墨一色の木版刷りの宝船の絵を売りに来る。

その絵は、七福神乗合船の図の上に、『長き夜のとおの眠りのみな目ざめ、波乗り船の音のよきかな』という、上から読んでも下から読んでも同じ、つまり回文の歌が記されている。

長唄の『宝船』は、この回文の歌からはじまる。

師匠の撥の動きに合わせ、栄次郎は撥を叩いたが、いきなり、師匠が撥の手を止めた。

栄次郎ははっとした。

「きょうはここまでにしましょう」

稽古をはじめたばかりである。だが、師匠は栄次郎の心の迷いを感じ取っていたのだ。糸の音の響きにも、師匠は弾き手の心が表れるのだと常々言っている。

「申し訳ありません。また、出直して参ります」

栄次郎は頭を下げてすごすごと引き下がった。

いつもなら、もう一度やらせてくださいと頼むのだが、あっさり引き下がった栄次郎に、師匠はあっけに取られたようだった。

栄次郎は次の順番を待っていた横町の隠居に、どうぞ、と声をかけ、そのまま玄関を出て行った。隠居は何か声をかけたようだが、栄次郎には聞こえなかった。

腕組みしながら、栄次郎はさまよい歩く。

気がつくと、お秋の家の近くに来ていた。だが、お秋に会うのも鬱陶しい気持ちだった。今は、ただお露のことだけを考えていたいと思った。

しばらく隅田川の川岸に佇んだ。身に染み入るような川風の冷たさも、栄次郎は感じなかった。

お露と辰三は、栄次郎が知っているだけでも、江戸でふたり、三島でふたりを殺しているかもしれないのだ。

いや、その可能性は高い。実際に斬ったのは辰三にしても、お露がひと殺しの片棒を担いでいるのは間違いない。

だが、それでもお露に対する思いは変わらない。いや、そんなことはどうでもよいことだ。それより、お露との身分の差だ。

たとえ部屋住とはいえ、直参である。さらに、自分が望んだことではないが、栄次郎は大御所の落とし胤《だね》である。十一代様とは異母兄弟の間柄でもあるのだ。

そんな身分の者が芸人に夢中になった。しかし、それのどこがいけないのだ。身分など関係ない。

栄次郎の生母も芸人だった。大御所がまだ一橋家の当主だった頃に、旅芸人の女に産ませた子が栄次郎なのだ。

しかし、お露との仲を知ったら、周囲の人間がどう思うだろうか。栄次郎は正気か。女にたぶらかされているのではないか。ひと殺しの女といっしょになったって、ろくなことはない。ひとはいろんなことを言うかもしれない。

だが、ひとには言いたいことを言わせておけばいい。他人の言葉など聞く必要はない。栄次郎はもはやお露ひとりしか目に入らなくなっていた。

もう何もかも捨ててでも、お露といっしょにいたい。その思いが強まった。

お露に会いたい気持ちは抑えきれなくなった。行こうと決めたとたん、栄次郎の足は入谷に向かっていた。

お十夜で賑わう念仏堂を過ぎ、浅草田圃を行く。暮六つ（六時）の鐘が鳴りはじめた。すぐ間近に、吉原の明かりが見える。夜見世のはじまりに奏でる三味線の清掻《すががき》が聞こえてきた。

入谷田圃から入谷坂本町へとやって来た。そして、感應寺裏手の雑木林に差しかかったとき、栄次郎はふと足を止めた。

前方に、お露の家の明かりがぼんやり見える。その家を取り囲むように、黒い影が三つ、四つ……。黒装束の武士だ。全員で五人。

ひとりが雨戸を蹴破って、家の中に踏み込んだ。栄次郎は駆け出した。

悲鳴が起こった。お露だ。栄次郎は懸命に駆けた。

「お露さん」

栄次郎は叫んだ。庭に待機していた武士がさっと栄次郎に立ち向かった。

庭にいたのは三人。皆、黒い布で面をおおっているが、浪人者のようだった。三人は横に広がり、いっせいに抜刀した。

「誰に頼まれたのだ？」

栄次郎は刀の鯉口を切り、居合腰に構えた。

「引っ込んでおれ」

　いきなり正面の敵が上段から斬りつけてきた。が、すぐに栄次郎は足を一歩踏み出し、腰をやや右にひねって抜刀した。栄次郎の剣の切っ先は相手の胴をかすめた。続いて、右斜め前の敵に上段から剣を振り下ろし、相手をたじろがせ、さらに、左端にいる賊の胸をめがけて剣を突いてのけぞらせた。

　そして、さっと後ろに離れ、頭上で剣を大きく回して刀を鞘に納めた。その間、ほんの僅かな時間である。

　再び、栄次郎は居合腰に構えた。

　三人の賊はあとずさった。

　その隙に、栄次郎は縁側に駆け上がり、部屋の中に飛び込んだ。

　辰三が仕込みの刀で、お露をかばうようにふたりの賊の攻撃を必死に防いでいた。

「待て」

　栄次郎が怒鳴ると、ふたりがいっせいに振り返った。

　同じように黒い布で面をおおっているが、こっちのふたりはどうやら武士のようだ。ふたりとも袴をはいている。

「邪魔立てしおって」

ひとりが正眼に構え、切っ先を栄次郎に向けた。

「名を名乗れ」

栄次郎が怒鳴ると、長身の武士が八相に構えを直した。

狭い部屋の中では長い剣を振り回すことは難しい。居合のほうが圧倒的に有利だ。

栄次郎は膝を曲げ、左手で鯉口を切り、右手を柄に添えた。相手は動けずにいる。

もうひとりの賊は辰三と対峙している。

「逃げろ」

正面の敵がいきなり刀を引き、さっと栄次郎の脇を駆け抜けた。

「待ちやがれ」

辰三があとを追った。

栄次郎には青ざめた顔で立っているお露の身のほうが心配だった。

刀を鞘に納め、

「怪我はないですか」

と、栄次郎はお露に声をかけた。

「栄次郎さま」

お露が栄次郎の胸に飛び込んで来た。

「もう心配はない」

栄次郎はお露の肩に手をまわし、ひしと抱きしめた。

背後で足音がした。

辰三が戻って来たのだ。栄次郎はお露の体を離した。

「何者ですか」

栄次郎はきいた。

「わかりません」

辰三はそう言ったが、そんなはずはない、辰三には心当たりがあるはずだと思った。しいてきいても言おうとしないだろう。

だが、栄次郎には想像がつく。おそらく、山路三右衛門の手の者に違いない。

「また、奴らが襲って来るかもしれません。どこか、場所を替えたほうがいいでしょう。もし、心当たりがなければ私の知っているところに」

栄次郎はお秋の家を考えた。お秋の前に、お露を連れて行くのはまずいと思ったが、そこしか思い浮かばなかったのだ。

「いえ。あっしに心当たりがあります。これから、ちょっとそこに様子見に行ってきます。栄次郎さん、それまで、お露を預かってくださいますか。なあに、奴らだって、今夜はもうここには襲ってきますまい」

辰三は落ち着いていた。やはり、度胸がすわった男だと思った。

「わかりました」

栄次郎も力強く応じた。

「じゃあ、一刻（二時間）ほどで戻ります。お露。ここで待っているのだ」

「はい。お気をつけになって」

糸が切れてふたつに分かれた仕込み三味線を持って、辰三は出かけて行った。

ふたりきりになると、夜の静寂が急激に訪れた。

「お露さん。何もかも話してくれないか。お露さんの力になりたいのだ」

栄次郎はやさしく訴えるように言う。

だが、お露ははかなげに首を横に振った。

「なぜだ」

「知らないほうが……。知ったら、栄次郎さまにもご迷惑がかかるといけません」

「迷惑？　そんなものどうでもいい。私はあなたとともに生きていきたいんだ」

栄次郎は自分でも呆れ返るようなことを口走っていた。

場合によっては、矢内の家にも災いが及ぶかもしれない。母や兄を嘆かし、泣かすことになるかもしれない。そのようなことを平然と口にした自分に驚いたが、お露を目の前にして、栄次郎はやがて母のことも兄のことも忘れていった。

「栄次郎さま。私たちは所詮、束の間の逢瀬《おうせ》しか叶わぬ身」

お露の声が震えを帯びていた。

「何を言うか。私はそなたのためなら、何もかも捨てる覚悟はついている」

力を込めた声に、お露は目を瞠って栄次郎を見つめ、そして、いきなり叫ぶように言った。

「うれしい。栄次郎さま」

お露は栄次郎の口に自分の唇を押しつけた。その大胆なお露の行動に、栄次郎は我を忘れた。

もはやこの世に栄次郎とお露のふたりしかいないような感情の昂《たかぶ》りの中で、ふたりはお互いの肌に触れ合い、体を求め合った。

やがて、嵐の中で花吹雪が舞ったような激情が去り、栄次郎はお露の肩を抱きながら無我の境にいた。

それから、どのくらい時間が経ったか、

「このまま、死んでもいい」

と、ぽつりとお露が呟くように言った。

「死ぬ？」

その言葉の意味を解しかねて、栄次郎はお露の顔を覗いた。

お露は泣いていた。

「どうした？　なぜ、泣く？」

「うれしいのです。こんな仕合わせ、はじめて」

「私もだ」

栄次郎は胸の底からこみ上げて来るものがあった。女を、これほどいとおしいと思ったことはなかった。

「きっと、そなたを我が妻とする」

栄次郎は心から言った。

「そのお言葉だけで、本望です」

「何を言うか。私は本気だ」

栄次郎は半身を起こした。

「私はもともと武士を捨てる気でいた。芸の世界で身を立てたいと思っていたのだ。その世界で、ふたりで生きていくんだ」

「でも、私はひとを……」

「木曾屋は元『五木屋』の手代だった五助という男。研屋久兵衛は益三という男。そして、伊豆屋高右衛門。いずれも、あなたや『五木屋』の覚右衛門さんの仇だ」

「えっ？」

図星だったのであろうか、お露が軽く叫んだ。

「そして、残るは山路三右衛門のみ」

「どうして、それを」

「お露さん。あなたは、瞽女のお玉の娘ではないのか。あなたは母の仇を……」

お露が何か言いかけたとき、外で物音がした。

栄次郎ははっとなった。急いで、衣服を身にまとい、刀を手に、縁側に出た。外の様子を窺う。

節穴から外を見た。小肥りの男が様子を窺っていた。傍に来たお露が、代わって節穴から覗いた。

「土兵衛《つちべえ》さんです」

お露が安心したように言う。

「土兵衛？」

「はい。私たちの面倒をみてくれているひとです」

栄次郎は雨戸を開けた。

「あっ、お露さん。無事でしたかえ」

四十半ばと思える色の浅黒い男だった。髪の毛が薄い。

「土兵衛さん。どうして、こんなところから?」

お露が訝しげにきいた。

「辰三さんから話を聞いてやって来たんです。辰三さんは万が一、あとをつけられるといけないっていうんで、あっしが迎えに来たんです。来てみれば、家ん中が真っ暗だったもので、賊がいるんじゃねえかと用心して様子を窺っていたんですよ」

「そうでしたか」

「さあ、さっそくここを移りましょう。辰三さんは向こうでお待ちです」

土兵衛が急《せ》かした。

「はい」

「荷物は明日、改めて取りに来ますよ。とりあえず、着の身着のままで」

辰三から聞いているらしく、土兵衛は栄次郎に軽く会釈をしてから、お露に言った。

土兵衛が先頭に立ち、下谷龍泉寺町を抜けて、吉原の廓の脇から日本堤の土手に上がり、すぐに廓への衣紋坂と反対側の道に折れた。

吉原へ向かう客、帰る客で、暗い土手は賑やかだった。

土手を下ると、元吉町から山谷町に出る。奥州街道が千住宿に続いている。千住の先から日光街道、水戸街道とに分かれる。

お露は門付けで歩きまわっているせいか、足は達者だった。疲れを見せることなく、土兵衛について行く。

土兵衛が連れて行ったのは、浅茅ヶ原の鏡ヶ池の近くにある古い寺の庫裏《くり》だった。

「ここは住職がいないんですよ。あっしが預かっているんです」

そう言い、庫裏の引き戸を開けた。

奥から、辰三が出て来た。

「来たか。誰にもつけられなかったろうな」

辰三は辺りを見まわしてきく。

「ええ。だいじょうぶよ。さあ、栄次郎さんも上がって」

「お露。もう夜も遅い。お侍さんは屋敷に帰らなければ叱られてしまうんだ。そうでしょう。栄次郎さん」

「ええ、そうです」

辰三の追い返そうとする物言いに反発を覚えたが、勝手に外泊は出来ない。今夜のところはこれで引き上げるしかなかった。

「じゃあ、お露さん。また、来ます」

「栄次郎さま」

お露が何か言いたそうにした。が、辰三の目を逃れるように顔を伏せた。

さっきも、確か、同じような目をした。お露は栄次郎に何か訴えたいことがあるように思えた。

心を残しながら、栄次郎は境内を突っ切り、山門を出た。

そして、来た道を逆にたどって、入谷に戻り、そこから上野山下を通って、本郷に向かった。

お露が何か言いたそうな目をしていたのが気になる。単に別れを惜しんだだけとは思えなかった。

辰三も不思議な男だ。お露と栄次郎のことに反対してはいないようだ。ただ、必要以上な深入りをさせまいとしているのかもしれない。

今別れたばかりだというのに、またも胸が切なくなってきた。どうして、お露のことを考えると、こうも息苦しくなるのか。

何度か立ち止まっては深呼吸をしながら、ようやく栄次郎は屋敷に帰って来た。

五

翌朝、栄次郎は起きられなかった。毎日、欠かしたことのない素振りも、きょうはやる気力がなかった。

昨夜はふとんに横たわって、瞼を閉じると、お露の顔が浮かんできた。そして、白い裸身が栄次郎の心を乱した。

悶々とした夜を明かしたのだ。

きのうの出来事で、辰三が一連の殺しの犯人であることがわかった。やはり、三味線は仕込みだった。棹に刀が仕込まれていた。

そして、今はふたりがひと殺しを続けてきた理由に想像がつく。『五木屋』の覚右衛門と手を組み、十五年前の事件に関与した者に復讐をしているのだ。

昨夜の賊は、山路三右衛門が送り込んだ刺客であろう。辰三とお露は、十五年前に三島の瞽女のお玉を殺した山路三右衛門に復讐をしようとして、三右衛門の動きを見張っていたのだ。だが、そうと察した三右衛門が先手を打って、ふたりを殺そうと刺客を放ったのに違いない。

辰三とお露は、お玉の子だ。そうに違いないと、栄次郎は考える。

朝餉のときも、そのことを考え、部屋に戻ってからも、栄次郎はお露のことを考えた。

お露に手を貸す。栄次郎の考えは決まった。

立ち上がったとき、兄の栄之進が入って来た。

「栄次郎、座れ」

厳しい顔で、兄が言う。

栄次郎は腰を下ろし、兄と差し向いになった。

「栄次郎、何かあったのか」

「いえ、なんにも」

「そんなはずはない。最近、あまり食欲もないようだ。少し、頬もこけたようだ。母上も心配なさっている」

「申し訳ありません。でも、なんでもありません。母上にもご心配なきよう」

「栄次郎。わしの目を見よ」

兄は鋭い声を発した。

「そなたは三島から帰って以来、どこか変だ。いったい、三島で何があったのだ」

「何も」

兄に見つめられ、栄次郎は覚えず目をそらしそうになった。

「そうか」

兄がため息をついた。

半助から何かを聞いているようだが、兄はそのことは口にしなかった。

もっとも半助が知っていることは、栄次郎が兄に話した以上のことはないようだ。

「わしは、正直言って、さっぱりした気性のおまえがうらやましかった。なぜ、そのように、いつもさわやかでいられるのか。おおらかで、常に日溜まりにいるようなおまえがまぶしかった。だが、今のおまえには翳がある。そんなおまえを見るのははじめてだ」

兄はやりきれないように言った。

「もうよい。だが、栄次郎。もし、何か困ったことがあれば、この兄になんでも打ち明けるのだ。よいな」

「兄上。ありがとうございます」

部屋を出て行く兄栄之進を、栄次郎は深々と腰を折って見送った。

栄次郎は逃げるように屋敷を出た。

風が一段と冷たさを増したようだ。その風に立ち向かうように、栄次郎は悲壮な決意で浅茅ヶ原に向かった。

兄上、母上、お許しください。心の中で、栄次郎は詫びた。

場合によっては、ふたりを裏切るような結果になるかもしれない。それでも、栄次郎はお露とともに生きていくことを選んだのだ。

きのうと同じように、入谷から下谷龍泉寺を抜けて、日本堤を通って浅茅ヶ原にやって来た。

荒涼たる原野に吹きつける風は頰を刺すように冷たい。

鏡ヶ池のほとりにある寺の山門をくぐる。荒れ果てた境内に入り、庫裏に向かった。

庫裏の引き戸を開けて、暗い土間に呼びかけた。

しかし、返事はなく、静かだった。

出かけているのか。いったん、栄次郎は外に出て、庫裏の裏手にまわった。すると、井戸の傍にひと影があった。

年配の百姓ふうの男が訝しげな目を向けた。

「土兵衛さんに会いに来たのですが、お出かけですか」

栄次郎は近寄って声をかけた。

「土兵衛？　ここにですかえ」

男は不思議そうにきき返した。

「そうです。ゆうべ、辰三さんたちをこちらの庫裏に案内したはずなのですが」

栄次郎はふと不安になった。

「いや。この寺は長い間、無住でございますよ。庫裏にも誰も住んでいやしません」

「しかし、昨夜、確かにここに」

「さようでございます。ときおり、野宿をする者がおります。そういえば、今朝早く、ここの境内から出て行く三人を見かけました。ひとりは女でした」

素朴そうな顔をした男は答えた。

礼を言って男から離れ、栄次郎は庫裏に向かった。真っ暗な土間に入り、部屋に上がった。

破れた雨戸の隙間から射し込む明かりを頼りに奥に向かったが、どこにもひとが住んでいたという形跡はなかった。

あのあと、ここも襲われたということは考えられない。

別れ際、お露が何か言いたそうな目をしていたことを思い出した。

辰三の差し金だ。

栄次郎は憤然として外に出た。

また、お露が手のひらから逃げて行ってしまった。しかし、栄次郎は諦めるつもりはなかった。お露をどこまでも追い求めるつもりでいた。

翌日、栄次郎は八丁堀同心の菅井伝四郎を探した。

須田町の自身番で訊ねると、さっき出て行ったので、そのうちに横山町の自身番に顔を出すのではないかということだった。

すぐに横山町に向かった。

木戸番小屋と通りをはさんで向かい合っている自身番に行きかけたとき、そこの自身番から出て来た菅井伝四郎を見つけた。

着流しに黒の巻羽織。雪駄履きで、少し気取って歩いて来た。

栄次郎は近づいて声をかけた。

「菅井さん」

「おや。矢内どのか」

菅井伝四郎は顔をしかめた。

「その後、木曾屋殺しと研屋久兵衛殺しの探索のほうはいかがですか」

「はかばかしくないな」

伝四郎は不貞腐《ふてくさ》れたように言う。

誰かに似ていると思ったら、三島の代官手付の瀬島市兵衛に雰囲気が似ているのだった。

「何の手掛かりも？」

「ない。ふたりに恨みを持つ人間は見当たらないのだ。確かに、木曾屋のほうは、商売敵の仕業だと考えられなくもない。だが、その方面を調べたが、これといって……」

菅井伝四郎は、珍しく首を横に振った。

「久兵衛は旗本の山路三右衛門さまとつきあいがあるかに聞きましたが？」

伝四郎の目が鈍い光を放った。

「刀の研ぎを出しているだけだ」

「木曾屋はどうなんでしょうか」

「何をだ？」

「山路三右衛門さまとは？」

「矢内どの。何か心当たりでもあるのか」

「いえ。単なる興味です」

「ときたま、木曾屋を山路さまが訪れるらしい。だが、それは以前に、山路さまのお屋敷の改築に木曾屋から材木を取り寄せたことからの縁らしい」

「そうですか」

「矢内どの。何かつかんでいるなら、隠さずに教えてもらいたい。でないと、あとで痛くもない腹を探られることになりますぞ」

伝四郎は強がった。

「わかりました」

適当に相槌を打ち、栄次郎は菅井伝四郎と別れた。


その夜、栄次郎は神田橋御門外にある旗本山路三右衛門の屋敷を見通せる場所に来ていた。

五百石の格式の屋敷である。長屋門の両側には長屋が建てられており、門番所には刀を差した門番が詰めている。

今は大扉の門も、その横の潜り門も閉ざされている。だが、ときおり、物見窓から門番の鋭い目が外に向けられている。

築地塀の暗がりに身を寄せた。

一度、中間ふうの男が脇門から出て来たが、あとはひっそりとしている。

五つ（八時）頃、駕籠がやって来た。周辺を、数人の侍が囲んでいる。この前の侍たちかもしれない。

山路三右衛門の屋敷の門が開き、駕籠は中へ入って行った。

そのあと、門は固く閉じられた。

そこを見張ってから三日目だった。が、この夜も何事もなく、栄次郎は諦めて、屋敷に戻った。

山路三右衛門を襲う目的があるなら、屋敷を見張っていれば、辰三やお露に会えるかもしれないと思ったのだが、結局、ふたりが現れることはなかった。

部屋の中で、胸を締めつけられるような切なさと闘っていると、遠くに三味線の音が聞こえた。

耳を澄ませた。唄はないが、『秋の夜』だ。

栄次郎はそっと屋敷を抜け出た。

門の外で、栄次郎は耳を澄まし、三味線の音の方角に足を向けた。それから、駆けだし、大通りに出た。

糸の音を追って、湯島のほうに向かった。

湯島聖堂のこんもりした杜が見え、神田川に出た。そして、昌平橋のほうから音が聞こえてきた。

近くの居酒屋から出て来たらしい職人体の男がふたり、千鳥足で前を行く。その職人を追い抜き、栄次郎は三味の音を追った。だんだん音に近づいてきた。

昌平橋の手前にふたつの影を見つけた。

栄次郎は走った。

ふと、その糸の音が途絶えた。向こうも、栄次郎に気づいたようだった。

「お露さん」

栄次郎は叫んだ。

「栄次郎さま」

お露は振り向いて待っていた。

「なぜ、黙って行ってしまったのだ」

栄次郎は詰《なじ》るように訴えた。

「ごめんなさい」

「栄次郎さん」

辰三が口をはさんだ。

「勘弁してやってください。栄次郎さんをこんなことに巻き込んではいけないと思ったから、あえてあんな真似をしたんです。お露の思いをわかってやってください」

「お露さん。私は決めたのだ。あなたと……」

あなたとふたりで生きていくことに決めたのだと、喉元まで出かかったが、それを邪魔するようにひと声が聞こえてきた。

「あっちへ」

三人は移動した。

土手の暗がりに身を寄せてから、

「栄次郎さん。こうなったら、栄次郎さんの手を借りるしかないんです。どうぞ、あたしたちに手を貸していただきてえ。あたしたちのことが山路三右衛門に知られちまって、ふたりだけではどうしようもねえんだ」

辰三がはじめて気弱そうな声を出した。

「もちろんです」

「栄次郎さま」

お露は栄次郎に熱い眼差しをくれた。

「お露。栄次郎さんを俺たちの新しい隠れ家にご案内申し上げるんだ」

「はい」

頷くと、お露は栄次郎に寄り添うようにして歩きだした。

ふたりが連れて行ったのは、そこから遠くない岩本町だった。その裏通りに、しもたやふうの一軒家があった。

辰三は潜り戸を叩くと、中から戸が開いた。

顔を出したのは土兵衛だった。

「さあ、どうぞ」

土兵衛に導かれ、栄次郎は土間に入った。

部屋に上がってから、改めて土兵衛が挨拶した。

「先日は失礼いたしました。栄次郎さまを巻き込んではいけないと思いまして、あのような真似をしてしまいました」

土兵衛は、辰三と同じことを言った。

「あなたはひょっとして」

土兵衛が何者か。はじめて顔を見たときは気づかなかったが、改めてこうして面と向かうと、三島の覚右衛門に似ているような気がした。

「あなたは、覚太郎さんでは？」

しばらく迷っていたようだが、

「へい。覚太郎でございます。十三年間も八丈島で暮らし、一昨年帰ってきた覚太郎です」

と、土兵衛こと覚太郎は厳しい顔で答えた。

「栄次郎さまは、私の親父にお会いになったそうでございますね」

覚太郎は目を細めてきいた。

「会いました。覚右衛門さんは、今、伊豆屋殺しに手を貸した疑いで代官所に捕われております」

「はい。親父は覚悟の上。あとは、山路三右衛門を討ち取れば、もう親父も思い残すことはありますまい」

覚太郎は寂しそうな表情で言った。

「なぜ、『五木屋』の再興を図ろうとしなかったのですか」

覚右衛門にしたのと同じ質問を投げかけた。

「もう無理です。十五年前の『御朱印』紛失の件、あのときの恨みは骨の髄まで染みついております。それを晴らさない限り、なんにも出来ないんです。それに」

覚太郎は自嘲気味に顔に手をやった。

「三十歳のときに島流しにされ、恩赦になって出て来たのが二年前。もうそのときで四十三歳でございました。一からはじめるには歳をとりすぎました。あたしの妻子ももういねえんです」

覚太郎は唇を嚙みしめて涙をこらえた。

「もし、子どもがいてくれたら、あたしはこんなことに命をかけたりしねえ。旅籠をもう一度、やりはじめたでしょう」

「妻女どのと子どもは、どこかで生きているんじゃありませんか。探したんですか」

「………………」

覚太郎は唇を嚙んで俯いた。

その姿に、栄次郎は胸が衝かれる思いがした。

「ひょっとして、居場所を突き止めたのでは？」

やっと覚太郎は顔を上げた。

「女房は再婚しておりました。芝・宇田川町の下駄屋の内儀になっているんです。子どもすっかり大きくなって……。無理もねえ。女手ひとつで子どもを育てるのはたいへんだ。いいひとにめぐり会ってよかったんです」

「会ったのですか」

「いいえ、会えませんでした。仕合わせそうに暮らしている姿を見て、会っちゃいけないんだと思いましてね」

覚太郎は儚《はかな》い笑みを浮かべた。

いつもの栄次郎なら、その別れた妻女にこっそり会ってみようという気になったかもしれない。ほんとうに、妻子が仕合わせに暮らしているのか。ほんとうは覚太郎との再会を望んでいるのではないか。それを確かめなければならない気持ちになっていただろう。

栄次郎のお節介病が頭をむくりと持ち上げるはずだった。

だが、今の栄次郎にはそんな気持ちは起きなかった。いや、そうしてやりたいと一瞬思ったが、すぐに泡のように消えた。栄次郎の心のすべてはお露に向かっていたのだ。

「じゃあ、あたしはこれで」

覚太郎は立ち上がった。

「覚太郎さんはここで暮らしているのではないのですか」

「昔『五木屋』によく泊まっていた御方のところで世話になっているんです。この家も、その御方の持ち家なんですよ」

そう言い、覚太郎が玄関に向かうと、

「あたしも出かけて来よう」

と、辰三もいっしょに出て行った。

辰三は気をきかせたのかもしれない。栄次郎はお露とふたりきりになった。

「栄次郎さま」

お露が、栄次郎にむしゃぶりついてきた。

「ごめんなさい。栄次郎さまを、こんなことに巻き込んでしまって」

「そんなことはない。私はお露さんのためならなんだってやる」

お露の息が次第に荒くなってきた。栄次郎はまたも動物のようになって、荒々しくお露の帯に手をかけた。


日溜まりの中で、涼しい風を浴び、ゆったりとしている。そんな錯覚がするような、心地よい倦怠感に、ふたりは死んだように横たわっていた。栄次郎の片手は裸のお露の肩を抱いている。

だが、やがて、黒い雲が湧き上がり、みるみる自分の頭上を黒く覆い尽くす。栄次郎ははっとして現実に引き戻された。

「お露さん。山路三右衛門に恨みを晴らしたあと、どうするつもりなのだ」

栄次郎はきいた。

「江戸を離れなければなりませぬ」

たとえ、復讐とはいえ、ひとの命を奪っているのだ。奉行所の探索とて、厳しくなろう。のうのうと江戸に留まれるほど、甘くはない。

「それしかないだろう。だが、私はそなたと別れとうはない」

「私だって。今すぐにでも、栄次郎さまとふたりでどこか遠くへ行ってしまいたい」

お露の声が妙に真に迫っていた。

「私もだ」

「じゃあ、行きましょう」

お露は顔を上げた。

「行く？　どこへ？」

「ふたりだけで遠くに。今すぐ」

お露の目は恐ろしいくらいに真剣味を帯びていた。

お露の態度を訝しく思った。

「お露さん。いったいどうしたというんだ。山路三右衛門への恨みを晴らすために……」

そのとき、格子戸を叩く音がした。

辰三が帰って来たのだ。

栄次郎は急いで衣服を身にまとった。

もう行き着くところまで行くしかない。栄次郎は地獄を見たような気がした。

第四章　駆け落ち

一

二日後の夜、栄次郎は白の小紋の着物に博多帯、頭に手拭いを吉原かぶりし、三味線を持って、お露と並んで深川入船町の辺りを歩いていた。

夕方、旗本山路三右衛門の駕籠が両替商『近江屋』の寮の門を入って行ったのを確認した。

五つ（八時）の鐘が鳴り終えるのを待って、栄次郎とお露は『秋の夜』を弾きながら、寮の近くを歩きまわった。

きょうの昼下がり、栄次郎がお露の隠れ家に行くと、覚太郎が来ていて、辰三と額を寄せ合うようにして話していた。

お露は栄次郎の横に腰を下ろした。

「栄次郎さん。山路三右衛門のきょうの予定がわかりました。今夜、深川入船町にある両替商『近江屋』の寮に行くそうです」

辰三が気を高ぶらせて言う。いよいよ今夜だという決意が漲《みなぎ》っていた。

「両替商と勘定吟味役か」

栄次郎は両者のきな臭いつながりを見るような気がした。

「栄次郎さん。あたしが寮に忍び込み、山路三右衛門を襲います」

辰三は闘志を燃やした。

「しかし、当然、警護の者を揃えているはず」

栄次郎は無謀なような気がした。

「承知の上ですよ。そこで、栄次郎さんにお頼みしたいことがあるんです」

辰三はまなじりをつりあげて言う。

「なんですか。なんでも言ってください」

「お露といっしょに、『近江屋』の周辺を流していただきたいんですよ。今では、向こうは『秋の夜』のことは承知しています。そこで、奴らの裏をかくんです」

先日、入谷坂本町の隠れ家を襲われたのも、その前に、『秋の夜』を流していたのを気づかれ、あとをつけられたためだ。今度はそれを逆手にとるのだと、辰三は言った。

「『秋の夜』を聞き、警護の奴らは追って来るでしょう。寮内が手薄になった隙に、屋敷内に忍び込みます」

「しかし、危険ではありませんか」

栄次郎はあまり気が進まなかった。

「なあに、仮に何か間違いがあっても、あたしひとりなら切り抜けられます」

そういうやりとりがあり、栄次郎はお露とふたりで、深川入船町にやって来たのだ。

だが、栄次郎は用心をして、すぐに応援に駆けつけられるように支度だけはしておいた。

ふたりは三味線の糸を弾きながら『近江屋』の前を通った。行き過ぎてから、お露が唄いだす。

塀沿いをしばらく行くと、数人の侍が門を出て走って来る姿を見た。

「来ましたよ」

栄次郎とお露は角を曲がった。

堀に出て、そのまま材木置場の手前にある橋を渡った。追手の姿はない。こちらの姿を見失ったのだろう。歩みを止め、再び糸を弾く。

やがて、複数の黒い影が迫って来るのが見えた。

栄次郎とお露は洲崎堤を洲崎弁財天のほうに向かった。右手に海があり、汐の香りが強くする。

三月から四月にかけては汐干狩で賑わうところだ。だが、今は闇が海を覆っている。ふたつの提灯が揺れていた。追手が橋を渡って、こっちにやって来るのがわかった。

栄次郎とお露は歩みを緩めた。

いくらも歩かないうちに、追手に追いつかれた。

「待て」

鋭い声を放って、背後から呼び止められた。

栄次郎は立ち止まって振り返った。

「私たちでございますか」

月は雲間に入り、真っ暗だった。

「そうだ。おまえたちしかおらん。ちょっと調べたいことがある」

恰幅のいい侍が無遠慮に前に出た。横から、中間ふうの男が提灯の明かりを栄次郎の顔に近づけた。

「はあ、なんでございましょうか」

栄次郎はとぼけてきく。

お露は栄次郎の背中に隠れている。

「その三味線だ」

「これがどうかいたしましたか」

「貸せ」

もうひとりの中間ふうの男が手を伸ばした。

「ご無体な」

栄次郎は形ばかり拒んだ。

あっさり、相手に三味線を奪われた。

「何をお調べで」

「仕込みだ。仕込み三味線を抱えた刺客がうろついている、という知らせが入ったのだ」

恰幅のいい侍は押さえつけるように言う。

「どうぞ、ていねいに扱ってください。三味線は私たちの命でもあるのですから」

侍は棹を抜こうとしたが抜けない。

「変なものは仕込んじゃおりませんぜ」

中間は栄次郎に三味線を返し、次にお露の持っている三味線に手を伸ばした。

二人掛かりで調べていたが、やがて中間はお互いの顔を見合わせた。

「仕込みではないのか」

恰幅のいい侍は顔をしかめた。

「どうぞ、三味線を」

栄次郎が頼む。

「ほれ」

乱暴に、三味線を返した。

「おまえたち、こんなところで何をしている。客などいない」

改めて、侍がきいた。

「弁天さんの境内の料理屋さんに行くところです。呼ばれているんです」

かなたの洲崎弁財天の境内に、ほのかな明かりが灯っている。料理茶屋の灯だ。

「よし、行ってよい」

そう言い、侍たちは踵を返しかけた。

「あっ、もし」

栄次郎は呼び止めた。

「なんだ」

「いったい、何の騒ぎなんで？」

「おぬしたちには関係ない」

侍は駆け足で引き返して行った。

「妙だな」

栄次郎は呟いた。

「栄次郎さま。どうしたんですか」

お露が声をひそめてきく。

「なんだか胸騒ぎがする。戻ろう」

栄次郎は来た道を戻り、『近江屋』の寮に向かった。

「何があったのですか」

「さっき、門を飛び出して来たのは五、六人だった。今のは三人。それも侍はひとりだけだった。あとのふたりは中間ふうの男」

急ぎ足になりながら、栄次郎は不安を口にした。

「ひょっとして、罠かもしれない」

「罠……」

お露が息を呑んだ。

やがて、覚太郎が待っている舟までやって来た。

「栄次郎さま。どうも、中の動きがおかしい」

覚太郎が不安そうに言う。

「ええ、罠だったのかもしれません」

三味線を置き、用意してきた黒っぽい着物に素早く着替え、刀を手にした。

「お露さん。私は寮の中に踏み込みます。お露さんはここにいてください。覚太郎さん、すぐ逃げ出せるようにしておいてください」

覚太郎は八丈島で漁師の手伝いをし、舟を漕いでいたのだという。

栄次郎は素早く舟から岸に移り、『近江屋』の寮に向かった。

『近江屋』の前に行くと、いきなり中から悲鳴が聞こえた。

懐から黒い布を取り出し、すばやく顔を覆うや、栄次郎は門を押し入り、玄関に飛び込んだ。

奥から、激しい物音がした。

栄次郎は廊下を奥に走った。大広間から辰三が転がるようにして廊下に出て、庭に下りた。そのあとから三人の浪人が駆け寄り、さらに巨軀の侍がゆっくりあとを追うように出て来た。

大広間にはふたりの浪人が倒れていた。

頰かむりをした辰三が小太刀を持って、巨軀の侍と対峙し、さらに三人の浪人が剣を構えている。

「待て。こっちも相手をするぞ」

廊下から栄次郎が怒鳴ると、大柄の武士が振り向いた。肩の筋肉が盛り上がり、たくましい体つきの侍だ。

「仲間か」

巨軀の侍が口許に冷笑を浮かべた。

「ちょうどよい。ふたりとも片づけてやろう」

自信に満ちた口ぶりで、巨軀の侍が辰三に向けていた剣をこちらに向けた。

栄次郎は足袋のまま庭に飛び下りた。

着地した隙をとらえ、いち早く浪人者のひとりが上段から斬りかかってきた。栄次郎は素早く剣を抜いた。飛び下りたときに、左手で鯉口を切っていたのだ。

伸び上がるように剣をすくい上げると、相手の剣は夜空高く飛んで庭の土に突き刺さった。

ふたり目の浪人が剣を突いてきたのを横に払い、よろけた相手の小手《こて》に切っ先をかすめる。悲鳴とともに相手は剣を落とした。

「どけ」

もうひとりの浪人に怒鳴り、巨軀の侍が栄次郎に向かって剣を正眼に構えた。その前に、栄次郎はすでに剣を鞘に納めていた。

相手が巨大な壁のようにそそり立っている。栄次郎は左足を少し後ろに引き、左手で鞘を持ち、右手を柄に当てたまま、腰を落とした。

相手は正眼に構えたまま、じりじりと間合いを詰めてきた。斬り合いの間に入った。その刹那、相手が上段から斬りつけた。栄次郎も反射的に抜きつけの横一文字。

だが、相手は踏みとどまり、横っ飛びに逃れた。あのまま、斬りつけてきたら、相手の剣が栄次郎の頭上に届くより先に、栄次郎の剣が相手の胴を斬っていただろう。

だが、相手はかわした。

さらに、横一文字の剣に続く上段から相手を真っ向から斬り下ろすという攻撃をも、相手は予想していたようだ。

「なかなかやるな」

巨軀の侍が少し震えを帯びた声で言った。

再び、相手は正眼に構え、栄次郎も居合に構えた。

「ふたりとも、そこまでだ」

突然、大声がした。

縁側に黒羽二重の中年の武士が立っていた。二重顎の血色のよい顔。下膨れの顔に、でかい鼻が目につく。その手に、短筒が握られている。

「山路三右衛門」

辰三が声を発した。

「おまえは、三島の『五木屋』の身内の者か。それとも、瞽女のお玉の身内か」

山路三右衛門は濡れ縁の端まで進み、短筒を向けた。

「愚か者め。おまえたちのことはすでに調べてある」

山路三右衛門は憎々しげに口許を歪め、

「木曾屋を殺し、研屋久兵衛を殺し、そして、三島で伊豆屋まで殺したそうだな。だが、もうそれ以上は好き勝手な真似はさせられぬ」

山路三右衛門の声は辺りの空気を震わせた。

「おまえのために、『五木屋』の者たちがどのようなことになったか、わかっているか」

　栄次郎は叫ぶ。

「おぬしは何者だ」

　栄次郎のことまではわかっていなかったのだ。

「ただのお節介者だ」

「『五木屋』は、罪を犯したから取り潰しになったのだ。自業自得だ」

「違う。瞽女のお玉に悪さをしようとしたのを『五木屋』の覚右衛門に邪魔され、その仕返しのために、当時、飯盛旅籠の主人だった伊豆屋高右衛門にそそのかされ、わざと『御朱印』を盗まれたように装い……」

「黙れ。無礼者」

　山路三右衛門が顔を紅潮させた。

「作り話をしおって」

「それからは、伊豆屋と一蓮托生。この両替商の『近江屋』を使って、伊豆屋に金を出させ、あげくは伊豆屋に遊廓まがいの料理屋を作らせ、己も私腹をこやそうとした」

　三右衛門を怒らせながら、栄次郎は小柄に指をかけた。

「うるさい奴め。まず、そなたから死んでもらおう」

山路三右衛門が筒先を栄次郎に向けた。

栄次郎は小柄を摑んだ。そのとき、風を切る音を聞いた。次の瞬間、三右衛門は呻いて、短筒が空に向かって撃たれた。

庭の隅の暗がりから小石が飛んで来たのだ。

「逃げよう」

栄次郎が叫ぶ。辰三も駆けだした。

栄次郎は取り囲んでいる侍や浪人たちを蹴散らし、門に向かって走った。

「待てぃ」

侍たちが追って来る。

門を飛び出し、塀沿いの暗がりに身を隠して、堀に向かって走った。門を遅れて飛び出して来た追手は、栄次郎たちを見失い、右往左往している。

ふたりは、覚太郎とお露が待っている場所まで走り、舟に飛び乗った。

「さあ、早く」

闇の中で、追手は舟にまで気づかなかったようだ。

覚太郎が棹を操り、舟は静かに動きだした。

「辰三さん、怪我は？」

栄次郎は顔を覆っていた布を外してきく。

「いや。掠り傷だ」

辰三は強がりを言ったが、腕から血が滲んでいた。

「まんまと罠にはまった」

辰三は悔しがって、

「わざと、『近江屋』の寮に行くと触れ回り、俺たちを誘き出したのだ」

と、唇をひん曲げた。

「ともかく、無事でよかった」

栄次郎が言うと、お露が、

「栄次郎さまのお蔭です」

と、熱い眼差しを向けた。

「いや。我らを助けてくれた者がいた」

「そうだ。さっき助けてくれたのは誰だったんだ」

思い出したように、辰三も、小石を投げた人間のことを口にした。

「わからない。だが、我らの敵でないことは確かだ」

そこまで言って、栄次郎は小石を投げた男の見当がついた。

「誰なのか……」

栄次郎はそう言ったが、心当たりがあった。しかし、黙っていた。

「これから、難しくなりましたね」

栄次郎が落胆して言うと、辰三が粘っこい口調で言った。

「こうなりゃ、最後の手段だ」

辰三がお露の顔を見た。

お露が頷く。栄次郎がお露を見やると、お露は寂しそうな笑みを見せた。

舟は仙台堀から隅田川に出て、そこを横切り、神田川に入った。

和泉橋の近くの桟橋で、辰三とお露が下りた。

「また、明日、顔を出します」

栄次郎はふたりに言う。

そのまま栄次郎は舟に乗り、湯島聖堂を過ぎた辺りにある船着場で地に下り立った。

覚太郎は舟を引き返し、借りてきた船宿に返しに行った。

二

その夜、寝つけずに、栄次郎はふとんの中で目をらんらんと輝かせていた。

山路三右衛門は、木曾屋と研屋久兵衛のふたりが殺され、さらに、三島で伊豆屋が殺されたことで、十五年前の復讐だと気づいたのであろう。そして、次の狙いが自分であることを見抜き、警戒をしていた。

その警戒の網に、辰三がひっかかったのだ。山路三右衛門は、屋敷の周囲をうろついていた辰三のあとをつけさせ、入谷の隠れ家を見つけ出させたのであろう。

その急襲に失敗した山路三右衛門は、今度は『近江屋』の別邸に招待されて行くという偽の知らせを流して、辰三とお露を誘《おび》き出そうとしたのだ。

もし、あのとき小石が飛んでこなければ、栄次郎も辰三も危うかった。栄次郎は、小石を投げた人物に想像がついている。

それにしても、ふたりのことが敵に気づかれた今、山路三右衛門を討つことは難しくなったと言わざるを得ない。ますます警戒を強めるであろうし、それより、敵もふたりを探し出して葬り去ろうとするはずだ。

しかし、辰三は最後の手段があると言っていた。

天井裏が微かにみしりと軋めいたのを聞き逃さなかった。誰かが忍んでいるのだ。

栄次郎は半身を起こした。

やがて、天井板が外れ、黒い着物を尻端折りした男が身軽に畳の上に下り立った。

「栄次郎さん。すいません。こんな時間に」

新八だった。

「やはり、さっき助けてくれたのは新八さんだったのですね」

栄次郎は確かめた。

「へえ。じつは、山路三右衛門が『近江屋』の寮に行くという噂を聞いて、こいつは何かあるんじゃねえかと、あの付近で待っていたんです。そしたら、案の定、栄次郎さんたちがやって来た」

「なるほど。見られていたわけか」

栄次郎は新八に見られていたことにまったく気づかなかった。注意力が散漫になっていたのだ。その原因がお露とのことにあるのを、栄次郎は気づいていない。

「いつ三島から？」

栄次郎はきいた。

「きょうの夕方です」

「ごくろうでした。で、覚右衛門さんはいかがでしたか」

「牢内での暮らしがこたえているのか、だいぶ痩せたようですが、元気でした。栄次郎さんのことをお話しすると喜んでおられました」

「そうですか。で、向こうでは伊豆屋と御用道中の武士の件はどうなりましたか」

「伊豆屋の件はあの浪人の仕業だということになって、目下《もっか》、その浪人の探索が続けられております」

やはり、江戸のふたつの殺しとの関連には思い至っていないようだ。

「ただ、お侍のほうは世間体をはばかって、病死というふうな始末をつけたそうです」

「そうか。病死か」

武士は体面を重んじる。残された家族のためにも、それしかないのであろう。

「それから、私より先に、代官所手付の瀬島市兵衛が江戸に発ちました。どこからか、江戸での事件を知り、奉行所に行くようです」

あの侍かと、栄次郎は懐かしく、市兵衛の顔を思い浮かべた。

「江戸でのことを知るのは時間の問題だと思っていたが」

栄次郎は頷いてから、

「で、あの件はわかりましたか」

お玉の子どものことだ。

「へえ。三島の薬師院にある瞽女屋敷を訪ねました。そこで、こんな話を聞きました。瞽女は男との交わりは禁じられていると」

「ええ。でも、それでもひとを好きになることはあるはずだし、好きになれば身ごもることもあるのでは？」

それが自然であろうと、栄次郎は思った。

「ええ。ですが、お玉という瞽女はその点は潔癖で、男に肌を一度たりとも触れさせなかったそうです。だから、山路三右衛門の狼藉に対しても敢然と拒んだということでした」

「しかし……」

だとしたら、お露が生まれるはずはない。お玉は仲間に隠れ、密かに好きな男との間に辰三とお露のふたりの子を産んでいたのではないのか。

「栄次郎さん。お玉に子どもなどいませんでした。念のために、他の瞽女について調べてみましたが、子どもを産んだ瞽女はおりません」

そんな、ばかな。お玉の子だから、母親の敵討ちを『五木屋』の覚太郎と手を組んで……。

「栄次郎さん。お玉に子どもがいなかったのは事実とみて間違いないと思います」

栄次郎の一縷《いちる》の希望を断ち切るように、新八は言い切った。

「じゃあ、あのふたりはなぜ……」

なぜ、ふたりは覚太郎に手を貸して、木曾屋をはじめとして殺しを続けていったのか。

「覚右衛門さんは、あのふたりについて何か言っていましたか」

「いえ。きいたのですが、答えてはくれませんでした」

栄次郎はちょっと道に迷ったように呆然とした。

「栄次郎さんはお露さんのことで……」

新八は言いさした。

栄次郎は不思議そうな顔で新八を見る。

「新八さん、何か」

「いえ。じゃあ、私はこれで」

新八はあわてて否定した。

新八が再び天井裏から引き上げたのも気づかぬように、栄次郎はお露のことを考えていた。

ひょっとしたら、山路三右衛門はもっとほかに何かをしているのだ。その何かの関係者が辰三とお露兄妹かもしれない。

そんなことを考えるうちに、いつしかお露の柔肌の記憶が頭を占めてきた。

お露に会いたい。いつも、お露といっしょにいたい。そういう気持ちを抑えきれない自分を、栄次郎は病気だろうかと思う。お露のことで、周囲が見えなくなっているのもわかっている。

最近、ずっと三味線の稽古も休んでいる。鳥越の師匠の家にも、お秋の家に行って三味線の稽古をすることもない。

それより、お露のために、栄次郎はこの家から出て行くことも考えている。場合によっては、母と兄との縁を切ってまで。

栄次郎は自分というものがわからなくなった。

だが、今は山路三右衛門に鉄槌を下すこと。そのことだけを考えるのだ。すべては、それが終わってからだ。栄次郎は、そう自分に言い聞かせた。

翌朝、久しぶりに庭に出た。柳の葉も落ちて、季節の移ろいを感じる。何度か居合の素振りをしたが、栄次郎は長く続かなかった。頭の中に影のようにこびりついている何かに邪魔をされた。その何かはわかっていた。お露の面影だ。刀を鞘に納めて振り向いたとき、ひと影が消えたのを見た。兄の栄之進だった。兄が様子を窺っていたのだ。

朝餉のときも、そのあとも兄は何も言わなかった。いや、何か言いたいのを堪えているようだった。

栄次郎は逃げるように屋敷を出た。向かうのはお露のところだ。もはや、ひとときたりともお露と離れていることが苦しくなっている。

お露に謎が生まれた。だが、栄次郎はそのことを、しいて考えないようにした。どんな素性であろうと、お露はお露なのだ。

湯島聖堂の脇を抜けて、昌平橋を渡る。屋敷を出たときから、何者かがつけて来ていることに気づいていた。

八辻ヶ原でさりげなく後ろを向いて、つけているのが岡っ引きだとわかった。確か、菅井伝四郎が手札を与えている岡っ引きだ。

岡っ引きにつけられる心当たりはない。そう思ったとき、新八の言葉を思い出した。

代官手付の瀬島市兵衛が江戸に向かったという。

なるほど、瀬島市兵衛が奉行所に赴《おもむ》いたのだ。菅井伝四郎と会い、江戸での事件と三島の事件、そして、そこにいつも栄次郎がいることなどを話し合ったものと思える。

ぴたっとつけてくる岡っ引きがうるさかった。このまま、お露のところに岡っ引きを案内するわけにはいかなかった。

須田町に差しかかり、栄次郎はいきなり横町に折れた。背後で、あわてて岡っ引きが走って来るのがわかった。

岡っ引きが横町を曲がった。その前に、栄次郎は立ちふさがった。

「あっ」

岡っ引きが泡を食って立ち止まった。

「私に何か用ですか」

栄次郎は穏やかにきいた。

「いや、その……そういうわけじゃねえんで」

岡っ引きはしどろもどろになった。

「なぜ、私のあとをつけるのか教えてもらえませんか」

「なんでもねえんで」

「なんでもないことはないでしょう。そうですか、教えてくれないなら、菅井伝四郎さまにお訊ねしましょう」

「矢内さま。じつは」

岡っ引きが言いよどんだ。

「韮山代官所から、瀬島市兵衛という手付がやって来たそうですね」

栄次郎がさらに問い詰めようとしたとき、

「矢内どの」

と、突然声がかかった。

菅井伝四郎だった。

「ちょうどよいところに。私に尾行をつけるとは、いったい何があったのか教えていただけませんか」

栄次郎は伝四郎に矛先を向けた。

「いや。他意はないのです。ただ、少し、矢内どのにお訊ねしたいことがありましてね」

「ほう、なんでしょうか」

菅井伝四郎は横町の奥に進み、空き地に出た。

「一昨日、韮山代官所から瀬島市兵衛という手付がやって来ました」

やはり、そうだったのだと、栄次郎は気を引き締めた。

「三島宿で、『伊豆屋』という旅籠の主人が、小太刀と思える武器で殺されたそうで」

栄次郎は黙って、あとの言葉を待った。

菅井伝四郎の言葉づかいが丁寧になっていたのは、瀬島市兵衛から、栄次郎が御朱印の押された書付けを持っていたことを聞いたからかもしれない。

「この伊豆屋は七年ほど前に、武士を盗人呼ばわりして名誉を傷つけたらしい。そのために、藩からも暇を出され浪々の身になったという。いちおう、伊豆屋殺しは浪人者の意趣返しということになったそうですが、江戸での事件が耳に入り、そのことで奉行所にやって来たのです。伊豆屋が殺された夜も、門付け芸人が流していたといいます。薬研堀の木曾屋の件でも、そうでした。それで、ゆうべは久兵衛の殺された不忍池周辺で、事件の夜、門付け芸人が流していなかったか調べた。すると、ある矢場で、門付け芸人が通らなかったかときいた若い侍がいたという。どうやら、その侍が矢内どのらしい。それで、話をお伺いしたいと思ったのです」

「さすが、菅井さまです」

栄次郎はちょっと追い詰められたようになったが、こうなってはある程度を打ち明けるしかないと思った。

「その門付け芸人なら、私も探していたんです。とてもいい喉なので、ぜひ唄を間近で聞いてみたいと思ったんです。確かに、久兵衛が殺された夜も、あの唄声を聞きました。でも、会えませんでした」

栄次郎は伝四郎の強い視線を受け止めて答えた。

「ほんとうに会えなかったのですか」

伝四郎は疑わしそうにきく。

「そうです」

「では、三島ではいかがですか。三島にも、現れたそうじゃありませんか」

「いえ。私は会っていません。それに、江戸の芸人と同じかどうかわかりません」

伝四郎は疑わしい目つきで、栄次郎を見た。

「菅井さん。私もあの門付け芸人を探しているんです。もし、見つかったら教えていただけませんか」

栄次郎はとぼけて言い、

「じゃあ、私はこれで」

と、通りに向かった。

だが、困った。やはり、岡っ引きはつけてくる。菅井伝四郎の言いつけだろう。無意識のうちに、岩本町を避け、浜町堀に向かった。どこかで撒《ま》かなければならない。栄次郎は焦りを覚えた。

もはや、辰三とお露は門付け芸人としては活動も出来ない。これから、奉行所の探索も厳しさを増していくだろうし、山路三右衛門のほうは警戒を厳しくする。望みを果たすことが難しくなってきた。栄次郎はそのことに胸を痛めた。

栄次郎は浜町堀の武家地に入り込んだ。そして、いくつか屋敷の角を曲がり、ようやくのことに尾行者を撒いた。

それから半刻（一時間）後に、栄次郎は岩本町の隠れ家にやって来た。

栄次郎が格子戸を開けて土間に入ると、お露が飛び出して来た。

「栄次郎さま。なかなかお出でにならないので、心配していました」

お露が潤んだ目を向けた。

「ちょっと、遠回りをして」

栄次郎は刀を自然な形でお露に渡して、居間に向かった。

長火鉢の前に、辰三が座っていた。

「栄次郎さん。ゆうべはやっかいをかけまして」

辰三が居住まいを正して言った。

「それより、おふたりのことが奉行所にも知られたようです。しばらくは、おとなしくしていたほうがよろしいでしょう」

「そうですね」

辰三は口許を歪めたが、すぐいつもの強気の口調で、

「まあ、これも計算のうちです。どうってことはありません」

辰三は商人ふうの格好で、お露は堅気の町娘の姿になっている。このふたりが、門付け芸人だと見破られる心配はなさそうだ。

「覚太郎さんは？」

「夜になったら来るでしょう。下働きの仕事をしていますからね。お露。俺はちょっと出て来る」

辰三はそう言い、玄関に向かった。

また、お露とふたりだけにしてやろうと気を使ったのだろう。

「辰三さん。十分に気をつけてください」

玄関まで、栄次郎は見送った。

「なあに、あたしは顔を覚えられていませんよ。ちょっと山路三右衛門の屋敷の様子

を見てくるだけです」

辰三が出て行ったあと、栄次郎はお露を傍に引き寄せた。

「お露さん。辰三さんはこれからどうするつもりなのか」

栄次郎はきいた。

「もちろん、山路三右衛門を殺すつもりです。だって、あの男を殺さない限り……」

お露は険しい表情になった。

栄次郎は思い切って口にした。

「お露さん。あなたは、誰なんですか。お玉さんの子どもではなかったのですか」

お露の目に狼狽の色が浮かんだ。

「どうして、それを?」

「お玉さんは、子どもを産んでいないと……」

栄次郎の言葉を遮り、お露が言う。

「栄次郎さま。そんなことより、兄が帰ってこないうちに、抱いてください。お願い。お露はもう栄次郎さましか」

あとの声は切なそうに消えた。

蕩けさせるような妖艶な眼差しに、栄次郎は何もかも忘れた。

どのくらいの時間が経ったろうか。気がつくと、隣りの部屋でひとの気配がする。あわてて、起き上がろうとしたが、お露が栄次郎の胸に顔を押しつけて離さない。

「まだ、このまま」

「でも、辰三さんが帰っている」

「いや。まだ、このまま」

お露の言葉に負けたというより、栄次郎の気持ちもこのままお露を抱いていたかったのだ。

もはや、隣りの部屋に辰三がいようがいまいが、栄次郎とお露には変わりなかった。ときたま、咳払いがした。栄次郎はふと怪しんだ。そういえば、いつも、ふたりがふとんから出ないうちに、辰三が帰って来る。

ほんとうは、辰三はいつからいるのだろうかと、栄次郎は妙な疑いを持った。

また、咳払いが聞こえたので、やっとお露も体を離した。

栄次郎は衣服をまとい、襖を開けた。

辰三が長火鉢の前で煙草をくゆらせていた。どこか、いらだっているような、不機嫌そうな顔つきだった。

栄次郎は向かいに腰を下ろした。

「栄次郎さん。あたしらは、そろそろ江戸を離れなければなりません」

いきなり、辰三が長煙管を口から離して言った。

「江戸を？」

栄次郎は息を呑んだ。

「この周辺にも、町方の探索の手が伸びてきているようです。ここも危なくなってきたんです」

「山路三右衛門は、どうするつもりですか」

お露が江戸を離れると思うと、栄次郎は落ち着かなくなった。

「やります。これは必ず。山路をやったら、すぐにでも江戸を発つつもりです」

「どこへ？」

「西です」

お露が遠くへ行ってしまう。そのようなことは耐えられない。

「辰三さん。お露さんを妻にしたい」

栄次郎は思い切って切り出した。

「栄次郎さん。そいつは無理ってものですぜ。だいいち、身分が違います。それに、お露は……」

辰三は眉を寄せて口を閉ざした。お露はひと殺しの片棒を担いでいると、言おうとしたのか。

「辰三さん。私は武士を捨てるつもりだ。もともと浄瑠璃をやりながら生きていきたいと思っていたのだ。だから、お露さんとふたりでいっしょに」

栄次郎は我を忘れたように訴える。

「無理ですよ」

「無理？」

「お露は、昔から門付けで旅から旅への暮らしをしてきたんです。ひとつところで、暮らすなんて出来やしないんですよ」

背後に、お露がやって来た。

「栄次郎さま」

お露の目尻が濡れていた。

「お露さん。私はあなたと別れることは出来ない」

栄次郎は胸の底から突き上げてくるものがあった。母も兄も、その他の一切のしがらみを断ち切り、お露とともに生きていく。それが、自分の人生だと思った。

「栄次郎さん。こうしましょう。これから三日間、お露と会わないでください。その三日間で、あなたの人生をお考えください。それで、ご自分の選んだ道をお歩きください。武士を捨て、お露といっしょに江戸を離れるもよし、諦めるのもまたあなたさまのお考え」

辰三は静かに諭すように言った。

栄次郎は返答に詰まった。

「あたしたちは山路三右衛門の殺害に成功するか失敗するか。そのいかんにかかわらず、三日後の朝、江戸を発ちます。もし、お露といっしょになる決心がついたのなら、どうぞ、板橋宿の橋に来てください」

今度は中山道を行くつもりのようだ。

「偽りではないだろうね。約束を反故《ほご》にし、いつかのようにどこかへ行ってしまうことはないと言えるのか」

栄次郎は疑心暗鬼になっていた。

「栄次郎さま。私は必ずお待ちしています」

お露が熱い眼差しで言った。

「お露さん、わかった」

栄次郎はその目を信じた。

「よろしいですか。栄次郎さん、あなたがここに来ることも危険だ。町方の目が光っている。もう、ここには来ないでください。次は三日後の板橋宿で」

辰三は鋭い声で言った。

「わかりました。必ず、行きます。お露さん、待っていてください」

お露は目を潤ませて黙って頷いた。

栄次郎は外の様子を窺い、大通りに姿を消した。

三

翌日、栄次郎は屋敷から外に出ず、物思いに耽《ふけ》っていた。

母がときたま部屋の前まで様子を見に来たが、何も言わずにすぐ去って行く。兄は出仕していた。

栄次郎は、ふたりの素性を知らないことが気になった。てっきり、お玉とつながりのあるものと思っていたが、新八の調べではお玉に子どもはなかったという。

食欲もなく、形ばかりの昼食をとり、再び、栄次郎は部屋に閉じこもった。

若い身空でけなげにも辰三を手伝い、お露は敵討ちをしてきたのだ。最後の大物、山路三右衛門の襲撃に失敗し、辰三には残された手があるのか。

いざ、母と兄を捨て、家を出るとなると、それまで考えてもみなかった感慨が蘇ってきた。

母や兄との義絶だけでなく、杵屋吉右衛門師匠やおゆう、そしてお秋など、これまで栄次郎を支えてくれたひとたちをも裏切ることになるのだ。

改めて、そのことの重みを嚙みしめた。

胸が苦しくなって、栄次郎は刀を持って部屋を出た。

母が部屋の障子の隙間からじっと見送っていたのに気づいたが、栄次郎はわざと振り向かず、屋敷を出た。

栄次郎は湯島の切通しの坂の途中で立ち止まった。ここから、いつも目にする上野寛永寺の五重の塔や不忍池の見える光景がとても懐かしく、貴重なもののように思えた。

しばし、立ち止まって、そこを眺めた。五重の塔の上をゆっくり流れる白い雲。夕陽に白い輝きを見せている池の水面。

さらに、池之端や湯島の町並み、さらに遠くに町家が広がっている。ふいに、栄次郎は胸の底から込み上げてくるものがあった。

自分を育て、そして馴染んできた江戸の町を、栄次郎は捨てようとしているのだ。お露とともに生きるために……。

お露は何者かわからない。なんのために、木曾屋からはじまり、研屋久兵衛、伊豆屋などを殺し、さらに山路三右衛門を狙っているのか、わからない。

栄次郎には、お露は謎だらけの女である。だが、いつまでも、お露をこのような境遇においてはおけない。そこから、救い出せるのは自分だけだという思いがあった。

辰三は、お露は旅から旅へのはかない芸人だというが、そんな頼りない暮らしから助け出してやりたいと、栄次郎は思うのだ。

そのために、しばらくは江戸を離れなければだめだろう。町方の探索の手が伸びている間は、お露は江戸にはいられない。

どのくらいでほとぼりが冷めるか。それまでの間、お露の傍にいてやり、いつか江戸に戻ってふたりで所帯を持つ。

栄次郎はそんなことを考えるが、そのたびにその思いは形をなさず、陽炎のようにはかなく消えてしまうのだ。

栄次郎はいつしか黒船町のお秋の家の前に来ていた。

すでに、辺りは薄墨を差したように暗くなっており、浅草寺の時の鐘がそろそろ暮六つ（六時）を告げようとしていた。

土間から女中がひょいと顔を出し、あわてて奥へ引っ込んだ。お秋に知らせに行ったのだろう。

「栄次郎さん」

土間の中から、お秋が転がるように飛び出して来た。

「まあ、栄次郎さん。いったい、今まで、何をしていたんですか。ちっとも姿を見せないで。さあ、入って」

お秋に手を引っ張られるようにして、栄次郎は土間に入った。

居間に、お秋の旦那の崎田孫兵衛が来て、酒を呑んでいた。崎田孫兵衛は同心支配役の与力である。

「おう、ちょうどいいところだ。いっしょにやろう」

崎田孫兵衛が大声で呼んだ。

どうするかという目で、お秋が見た。

栄次郎は頷き、腰から刀を外して右手に持ち替え、居間に向かった。呑めない酒だが、酔えるものなら酔いたいと思った。

崎田孫兵衛は冷たい目で栄次郎を見ていたが、ふと、おやっという顔をした。

「そなた、痩せたようだな」

「そうですか」

栄次郎はお秋に顔を向けた。自分では気づかない。

「ええ、痩せたわ。どうかなすったんですか」

お秋も表情を曇らせた。

「いえ、別に」

栄次郎は呟くように言う。

「まるで、亡霊にでもとりつかれたようだ。いや、ほんとうに、何かにとりつかれているのではないか」

崎田孫兵衛はおかしそうに笑った。

「さあ。栄次郎さん」

お秋が酌をしてくれた。

栄次郎は一気に酒をあおった。苦いものが喉を流れ、噎《む》せそうになった。

「おや、今夜は呑みっぷりがいいな」

孫兵衛がにやりと笑った。

「さあ、呑め」

孫兵衛は意地悪そうな目で銚子を突き出した。

「いただきます」

栄次郎は杯を差し出す。

お秋が心配そうな顔で見守っていた。

再び、栄次郎は一気に酒を呑み干した。今度は、激しく噎せた。お秋がすぐに栄次郎の背中をさすった。

孫兵衛がいやな顔をした。

「情けない奴だ」

孫兵衛が嫉妬まじりに厭味を言った。

「すみません。だいじょうぶです」

お秋に言ってから、さらに杯を差し出した。

「栄次郎さん。いったい、何があったのですか」

さすがに異変を察したように、お秋が口調を強めた。

「何もありません。ただ、今夜はとてもお酒が呑みたいんです。崎田さま、お願いいたします」

孫兵衛の前に杯を突き出すと、孫兵衛はちょっと困惑した顔で、お秋に目をやった。

「栄次郎さん。少し、召し上がりになってから」

お秋はつまみを勧めた。

「いえ。私はお酒のほうが」

栄次郎は自分の心の中に強風が吹き荒れているのを感じていた。栄次郎の心はお露を求めて荒れているのだ。

この不安は何か。お露が遠く、手の届かないところに行ってしまうような心細さに、栄次郎は途方に暮れているのだ。

気がつくと、栄次郎は手酌で注ぎ、酒を呑んだ。いつもは二、三杯を呑んだら目がまわり、ひっくり返ってしまうのだが、今の栄次郎は別人のようだった。

そのあとも何杯か呑んだ。そのうちに、孫兵衛のほうが閉口してきたようだった。

「崎田さまは、奥さまがおありながら、お秋さんとこういう仲になっておられる。どうして、そういうことが出来るのですか」

栄次郎は無遠慮にきいた。

「なに」

崎田孫兵衛は目を剝いた。

「ほんとうはどちらが好きなのですか。どういう心づもりで、お秋さんのところに通って来られるのですか」

栄次郎は自分でも何を言っているのかわからなくなっていた。

「もう向こうへ連れて行け」

孫兵衛はうんざりした顔で言った。

「栄次郎さん。お二階に行きましょう」

お秋が栄次郎の腕を摑んだ。

「いや。まだ、私は崎田さまと話がある」

栄次郎はお秋の手を振り払った。

「こんなに酒癖が悪いとは……」

崎田孫兵衛は呆気に取られている。

「さあ、栄次郎さん」

だだをこねる子どもをあやすようにして、お秋が栄次郎を二階のいつもの部屋に連れて行った。

梯子段を上がるのも、足がおぼつかない。

部屋に入るなり、栄次郎は大の字になってひっくり返った。

頭が割れるように痛く、胸は抉《えぐ》られるようだ。酒を呑んでも苦痛は増すばかりだった。

三味線の音がした。聞こえるはずのない唄が聞こえてくる。お露が遠ざかって行く。待ってくれ。行かないでくれ。しかし、お露は三味線を弾きながら、もうかなたに去っていた。

強風の舞う荒野の真ん中で、栄次郎はただ呆然と立ちすくんでいた。やがて、辺りを漆黒の闇が包み、栄次郎の足から徐々に全身が黒く塗りつぶされたように消えていった。

はっと、栄次郎は目を覚ました。

夢を見ていたのだ。

お露さん。どうしたらいいんだ。栄次郎は叫びたかった。だが、お露はここにはいない。穴があいたように冷たい風が心に入り込み、虚しく切なくて、たまらなかった。

障子が開いた。

「栄次郎さん。そろそろお屋敷に帰らなければならない時間ですよ」

お秋が心配して言う。

「えっ、いま何刻ですか」

「五つ半（九時）を過ぎました」

「あっ、いけない」

起き上がろうとして、頭がくらっとした。

「だいじょうぶですか。よかったら、今夜はここでお泊まりになってもいいんですよ」

「いや。外泊は出来ない。帰る」

栄次郎はなんとか立ち上がった。

「では、お駕籠でも呼びましょうか」

「そうしてもらいましょうか」

この状態では、本郷まで歩くのは無理だった。

「崎田さまは？」

「まだ、いるわ。舟だから、まだだいじょうぶなのよ」

目の前は大川である。舟で八丁堀まで帰るのだ。

駕籠が来たという知らせに、栄次郎は階下に行った。

崎田孫兵衛は長火鉢の前で茶を飲んでいた。

「崎田さま。お先に失礼いたします」

「うむ。そなたも、かなり呑んだな」

崎田孫兵衛は口許を歪めて言う。

「おそれいります。まったく、覚えておりませぬ」

「ちっ」

孫兵衛は苦笑した。

「お秋さん。ご迷惑をおかけしました」

「迷惑だなんて、とんでもない」

お秋が心配そうな顔つきで、何か言いたそうだったが、何も言いだせないようだった。

お秋の前で、お露の名を出した記憶がある。そのことをききたかったのではないかと想像するが、ほんとうのところはわからない。いつもと違って酔いつぶれた栄次郎の身に何が起きたのか。そのことを心配しているのかもしれなかった。

お秋に見送られて、栄次郎は駕籠に乗り込んだ。

駕籠が下谷広小路を抜けて湯島天神下同朋町に差しかかったとき、駕籠の前を池之端のほうに横切って行った菅井伝四郎の姿を見つけた。後ろに例の岡っ引きがついて行く。

　何かあったのかと、栄次郎は胸騒ぎを覚えた。

「すまない。今、走って行った同心のあとをつけてください」

　栄次郎は駕籠かきに頼んだ。

　へいと、駕籠かきは湯島天神裏門坂通りを武家屋敷の手前で右に折れ、池之端のほうに向かった。

　だが、途中で、菅井伝四郎の姿を見失った。栄次郎はそこで駕籠を下りた。酒手を弾むと、駕籠かきは喜んで引き上げて行った。

　栄次郎がその辺りを歩きまわっていると、岡っ引きの手下が走って来た。

「菅井さんはどちらに」

　栄次郎は声をかけた。

「この先の料理茶屋ですぜ」

「何かあったのか」

「へい。殺しです」

　そう言って、手下は反対方向に走って行った。どこかに知らせに行くところだろう。

　栄次郎は不忍池の辺にある料理茶屋に急いだ。

料理茶屋や出合茶屋が池の辺《ほとり》に並んでいる。そのうちの一軒の料理茶屋の近くで、栄次郎は立ち止まった。

数人の武士が門の前でたむろしていた。その顔ぶれに記憶があった。山路三右衛門の家来だ。

急激に胸の鼓動が激しくなった。まさか、殺されたのは……。

菅井伝四郎が料理茶屋の門から出て来た。

栄次郎は伝四郎に駆け寄った。

「菅井さん。何かあったのですか」

伝四郎は胡乱《うろん》そうな目をくれた。

「また、あなたですか。事件があるたびに、あなたが現れる」

「何があったのです?」

「旗本の山路三右衛門どのが、離れの座敷で殺された」

「なんですって」

「それも女にです。褌ひとつで死んでいました」

「女……」

たちまち、お露の顔を思い浮かべた。

「いったい、どういうふうにして殺されたんですか」

「女と楽しんでいるときに、簪《かんざし》で首の後ろ、盆の窪のところを刺されたんです。もっとも、油断しているときだったんでしょう」

伝四郎は冷笑を浮かべた。

「どうして、山路どのが女とこんなところに」

「まだ、わかりません。警護の武士も、まさか女がやるとは思わなかったようですから」

「で、その女は？」

「一足先に引き上げたそうです。半刻（一時間）ほどして、仲居が様子を見に行き、それで死んでいる山路三右衛門を見つけたってことです」

「じゃあ、殺されていたのを、しばらくは誰も気づかなかったということですか」

「そういうことです。警護の家来たちも泡を食ったように騒いでいましたが、もうあとの祭りです。だが、こいつは……」

「なんですか？」

「おそらく、病死ってことになるでしょうな」

「病死ですか」

「今、用人がやって来て、死体を引き取りました。こんな場所で、女に殺されたなど、不名誉この上ないことですからね」

「そうですね」

「たとえ、山路家のほうで病死にしようが、下手人はわかっています。木曾屋をやった者の仲間に違いないでしょう」

栄次郎が目眩《めまい》がしたのは、それまでの殺しと手口が違うからだ。

辰三ではない。今度はお露がやったのだ。

「それにしても不思議ではござらぬか、矢内どの」

伝四郎は顔を栄次郎にくっつけるようにしてきた。

「なぜですか」

「いつもいつも、事件の現場に、あなたがいる」

「そう言えばそうですね」

「なに、そう言えばそうだと?」

それまでの丁寧な言葉づかいを放り捨て、以前のような横柄な口調になり、伝四郎はいたぶるような目を向けた。

「菅井さん。今夜、私は崎田孫兵衛さまといっしょでした。お疑いなら、崎田さまにお確かめください」

「なに、崎田さまと」

「まさか、崎田さまも怪しいなどとは言わないでしょうね」

たちまち、伝四郎は気弱そうな目になった。

栄次郎は酔いが吹き飛んでいた。

お露のことを考え、喉を締めつけられたように息苦しくなった。

あのとき、辰三がこう言った。

「こうなりゃ、最後の手段だ」と。

その辰三の声に、お露が何か言いたそうに栄次郎を見ていたのだ。お露は何を言いたかったのか。

山路三右衛門の亡骸《なきがら》は迎えの駕籠に載せられて、屋敷に向かった。その両脇を、肩を落として警護の武士がついていった。

複雑な思いで、栄次郎は駕籠を見送った。

四

翌朝、朝餉の前に、栄次郎は兄栄之進の部屋を訪れた。

「どうした、栄次郎。こんな早い時間に？」

兄は不思議そうな顔をした。

「昨夜、旗本の山路三右衛門さまが池之端の料理屋の離れ座敷で殺されたそうです」

「なに、山路どのが」

兄は予想以上に驚愕し、

「で、下手人はわかっているのか」

と、身を乗り出すようにしてきいた。

「相手の女がやったということですが、その女の正体はわかっておりませぬ」

「女にやられたのか」

「はい。簪で盆の窪を刺されていたそうです」

栄次郎は、菅井伝四郎から聞いたことをそのまま話した。

「それで、どういう理由で、山路さまが池之端の料理茶屋に行くようになったのか、兄上のほうで調べることが出来ないかと思いまして」

御徒目付は旗本や御家人の監察という役目もあり、そのことから事情を聞けないものかと思ったのだ。

「じつは、山路三右衛門については三島の『伊豆屋』との関係において、よからぬ噂があり、いずれ調べることになっていたのだ」

「では、『玉木屋』の件も？」

「そうだ。両替商の『近江屋』を通して、伊豆屋高右衛門に多額の金が貸し出されている。そのことに絡んで、山路三右衛門が私腹を肥やしている疑いがあってな」

「そうでしたか。やはり、『玉木屋』絡みですか」

「そうだ。『玉木屋』が遊廓として繁盛すれば、その売り上げの一部が山路三右衛門に入るようになっているのだろう」

兄はふと厳しい顔をして呟くように言った。

「女に殺されたということは隠すであろう。ほんとうのことを言うかどうか」

兄はふと訝しげな目を向け、

「栄次郎はなぜ、そのことに首を突っ込むのだ？」

三島で殺された伊豆屋と山路三右衛門の関係については、すでに、兄に知らせてある。だが、伊豆屋殺しは沼田次郎兵衛の仕業と思っている。

「兄上。以前、お話ししたように、脇本陣の『五木屋』が取りつぶされたのは、山路三右衛門と伊豆屋が仕組んだことなのです。山路さまを殺したのは、『五木屋』に関係する者の仕業に違いありません。伊豆屋しかり。そして、木曾屋、研屋久兵衛」

栄次郎は事情を話した。

「兄上。どうか、兄上のお力で、『五木屋』の汚名を濯ぎ、覚右衛門さんを助けてあげることは出来ませんか」

「出来るだけ、やってみよう」

「ありがとうございます」

栄之進はふと表情を引き締め、

「そなた、山路どのを殺した下手人を知っておるのだな」

「まだ、なんとも申し上げられません。ただ、確かめたいことがあるのです。どういう事情で、山路三右衛門が出合茶屋に出かけて行ったのか」

しばらく、栄次郎の目を見つめてから、

「よし、わかった。調べてみよう」

と言ったあと、唇を真一文字に結んだ。

「ありがとうございます」

栄次郎は覚えず頭を下げた。


栄次郎は朝餉をとると、すぐに屋敷を出た。

昌平橋を渡り、岩本町の隠れ家に寄ってみたが、案の定、ふたりはそこを引き払ったあとだった。

栄次郎はすぐに大通りに出た。目指すは芝宇田川町である。そこにある下駄屋の内儀に、『五木屋』の覚太郎の元妻女だった女が収まっている。

栄次郎は日本橋の大通りを突き進み、京橋を渡り、尾張町から新橋を越えて、芝にやって来た。

簪女のお玉には子がなかったのだ。では、お露は何者なのか。なぜ、一連の事件に加わっているのか。

栄次郎の不安は、ある一点に集中している。それは、山路三右衛門が同衾中に殺されたことだ。女が、おおいかぶさっている山路の盆の窪に簪を突き刺したことだ。

その女ははたしてお露なのか。

その鮮やかな手口は素人の女に出来る芸当ではない。たとえ、同衾中であろうが、相手は武士なのだ。その武士の盆の窪に見事に突き刺すなど、お露に出来ようか。そこに、微かな希望を見いだした。

増上寺前にある宇田川町の商家を探し、ついにある下駄屋を見つけた。

それは、『平子屋』という店である。近くの荒物屋の婆さんの話では、十年前に子連れの後妻が入り、それまではやらなかった店が瞬く間に大きくなったと教えてくれた。

後妻の名はおとよ。『平子屋』の亭主は三年前に亡くなったが、亭主の秀三《しゅうぞう》には跡取りの秀太《しゅうた》という息子がいて、今は秀太が跡を継いでいるという。

その息子は、そろそろ嫁をもらうはずだと、婆さんはなめらかな口でなんでも喋ってくれた。

「では、おとよさんはいづらくなるんじゃありませんか」

栄次郎は心配してきいた。

「いえ、そんなことはありませんよ。秀太さんは、心底、おとよさんを実の母と慕い、頼りにしているんです」

なさぬ仲のおとよと秀太だが、ふたりの仲は実の母子以上の関係のようだ。そこに、覚太郎の入り込む余地はなさそうだった。

栄次郎はここで覚太郎を待つつもりでいた。

目的を果たした覚太郎は、最後におとよと子どもに会って、どこかへ旅立つのではないかと思ったのだ。

もちろん、覚太郎に会うのが目的ではない。覚太郎から、辰三とお露のことを聞くためだった。

『平子屋』が見える場所で、覚太郎を待つつもりでいたが、覚太郎の妻女だった女に会ってみたいという気持ちが強くなった。

意を決して、栄次郎は『平子屋』に向かった。

そば屋や団子屋などの店と並んで、『平子屋』がある。斜め向かいは絵草子屋だった。

店先に、薩摩下駄、吾妻下駄、日光下駄、ぽっくりなどが並び、奥のほうには桐の高級品が並んでいる。

店番の二十代半ばと思える男が秀太のようだった。

「おとよさんに会いに来たのですが、いらっしゃいますか」

栄次郎は穏やかに訊ねた。

「母ですか。母ならおりますが、どちらさまでしょうか」

やはり、秀太だった。

「矢内栄次郎と申します。三島から来たと、仰っていただけますか」

「三島からですか。はい」

いかにも商人らしい如才のない対応で、

「ただいま、呼んで参ります。どうぞ、お待ちのほどを」

と言い、秀太は奥に引っ込んだ。

待つというほどのことはなく、四十前後と思える女が出て来た。

やや小肥りの、少し寂しそうな目をした女だった。

「およさんですか。矢内栄次郎と申します。よろしかったら、すぐそこまでご足労願えませんか」

栄次郎は秀太の耳を慮って外に連れ出そうとした。

「わかりました。すぐ、支度をして、参ります」

およはあっさり応じた。

「では、外でお待ちしています」

栄次郎は先に外に出た。

絵草子屋の前辺りで待った。店先に、いろいろな浮世絵が置いてある。その中に、大津絵の藤娘があった。

その藤娘を見て、栄次郎は胸が裂けそうになった。お露を思い出したのだ。

藤娘の顔は、お露によく似ていた。いや、お露は大津絵からそのまま抜け出たようだ。

お露が何者なのか、わからない。お露には影の部分がある。だが、栄次郎はそのことを受け入れようとしている。

が、その一方で、もうひとりの栄次郎がしきりに何か叫んでいるのだ。

下駄を鳴らす音がして、振り返ると、おとよがやって来た。

「この先に、空き地があります。そこに」

おとよは先に立った。

ひとに話を聞かれたくないのだ。三島から来たと言ったことだけで、栄次郎が何の話で来たのか、おとよはわかっているのだ。

空き地に来た。そこから、増上寺の大門が見えた。

葉の落ちた欅の下で、栄次郎はおとよと向かい合った。

「失礼なことをお訊ねすることをお許しください」

栄次郎はそう切り出した。

「あなたは、元の『五木屋』の若旦那だった覚太郎さんのおかみさんですね」

すでに覚悟を決めていたのだろう、おとよは静かに頷いた。

「覚太郎さんが島から帰っているのをご存じですか」

「知っています。風の便りで知りました。あのひとに会ったのですか」

「会いました。あなたのことは、覚太郎さんから聞きました」

「そうですか」

おとよは太い息を漏らした。

「きのう、旗本の山路三右衛門どのが殺されました。山路三右衛門どのを覚えておられますか」

「はい」

思い詰めたような目で、おとよは頷いた。

「そうですか。殺されましたか」

「誰がやったのだと思いますか」

「まさか、覚太郎だと」

それには、栄次郎は答えず、

「島から帰ったあと、覚太郎さんはここまで来たそうです。あなたと子どもの仕合わせそうな姿を見て、安心して引き返したと言っていました」

　おとよは少しよろけたように数歩、欅のほうに歩いた。

「どうして、訪ねてくれなかったの」

　おとよは小さくつぶやいた。

「あなたは、覚太郎さんを待っていたのですか」

「そうです。待っていました」

「でも、あなたは、『平子屋』の内儀さんになっていたではありませんか。覚太郎さんには、もうどうすることも出来なかったはずです」

「いえ」

　おとよは否定した。

「私は、覚太郎が帰って来たら、『平子屋』を出て行く約束で、うちのひとといっしょになったのです」

　栄次郎は意味がわからなかった。

　おとよは振り返った。

「十五年前、『五木屋』は廃業に追い込まれ、覚太郎は島送りになりました。私は義父と二歳になる子どもを抱え、途方に暮れました。そんなときに、声をかけてくれたのが、『平子屋』の秀三さんでした」

秀三は小間物の仕入れで何年かに一度、京・大坂に行っていた。三島では安い平旅籠に泊まっていたが、脇本陣の『五木屋』の若女将のおとよを見かけたことがあった。

十二年前、たまたま秀三が三島宿に泊まったとき、『五木屋』が潰れたことを知り、三島の外れでまずしく暮らしているおとよを訪ねて来た。

そして、秀三はこう言ったのだ。

「私は家内を亡くして五年になります。どうにか、商売も順調にいっていた矢先に、流行り病に倒れ、呆気なく逝《い》ってしまいました。それから、伜とふたり暮らし。私は以前、若女将を遠目に見て、亡くなった家内に似ていると思っておりました。どうでしょうか。この私といっしょに江戸に来ていただけませんでしょうか」

秀三は誠意を尽くして訴えた。

「もちろん、覚右衛門さんもごいっしょに。お三人で、私の芝の家にお出でくださ い」

思いがけない言葉に心が動いたのは、このままでは満足に子どもを育てられない。秀三の後添いになれば、食うものに困らず、子どももちゃんと育てていける。そういう計算が働いた。

だが、一方で、いつか覚太郎が島から帰って来る。それを待ってやらねばならない。そう思ったのだ。

それに対して、秀三が言った。

「もし、覚太郎さんがお帰りになったら、どうぞ私のもとから離れて行っても結構です。どうか、それまでの間でも構いません。私といっしょにお過ごしください」

そのときは、考えさせてくださいと言った。

だが、その夜、覚右衛門が言った。

「覚太郎にとって、おとよさんと子どものことが一番心配なはず。ふたりが、ちゃんと暮らしていけることが一番だ。江戸に行きなさい」

「でも、覚太郎さんが戻って来たら」

「いや。いつ島から戻れるかわからない。戻って来るにしても十年以上も先だろう。その間、ふたりの暮らしが立たないほうがたいへんだ」

「では、お義父さまも」

「いや。私はここに残る。もし、覚太郎が帰って来たら、おとよさんのことを話す」

そういうやりとりがあって、おとよは子どもを連れて、迎えに来た秀三とともに江戸に行ったのだった。

おとよが経緯を語り終えた。

「そうでしたか」

そう答えたものの、秀三という男の気持ちが理解出来なかった。覚太郎が戻って来たら、覚太郎のもとに帰っていいなどと、どうしてそんな寛大な気持ちが抱けるのか。あるいは、何年もいっしょにいれば、情が移り、そんな気持ちはなくなる、あるいは、覚太郎が島から帰って来ることはない。そう思っていたのだろうか。

「あのときで、秀三は四十でした。秀三にとっては、当時十五歳だった秀太のためにどうしても母親が必要だったのかもしれません」

「後添いになってどうでしたか」

「仕合わせでした。秀三はやさしく、連れ子にも実の子どものように接してくれました。三島にいる義父にも仕送りまでしてくれて」

「なんというひとなんでしょうね、秀三さんは」

栄次郎は秀三のやさしさに心を打たれた。

島から帰った覚太郎は、三島に戻り、覚右衛門に会い、おとよと子どもが再婚したことを知った。

そのとき、覚右衛門から、おとよはいつでも離縁して戻って来ることを聞かされたに違いない。

そして、おとよに会うために江戸に向かったのだ。覚太郎は、ここまでやって来て、おとよを遠くから見たのだ。

それは仕合わせそうな姿だった。おとよと子どものためを思い、覚太郎はそのまま引き上げたのだ。

その時点で、覚太郎は『五木屋』再興の気持ちを捨て、復讐を誓ったのではないか。

「覚太郎さんは、最後に、あなたにひと目会おうと、ここにやって来ると思います」

「あのひとが……」

おとよは目を細めた。

「もし、あなたとお子さんがいれば、覚太郎さんはもう一度『五木屋』を再興しようと思うのではないでしょうか。いえ、つまらないことを申し上げました」

「いえ、ありがとうございます。おかげで、気持ちが定まりました」

おとよは思い詰めたような目を向けた。

「失礼します」

おとよは引き上げて行った。

ひとりになった栄次郎のもとに、尻端折りした道中差しの旅姿の男が近づいて来た。

「覚太郎さん」

栄次郎は駆け寄った。

「おとよさんを見ていたのですね」

「ええ。さっき、遠目に倅の姿も見て来ました。立派になっておりました。これで、思い残すことはありません」

覚太郎はきっぱりと言ったが、その表情は寂しそうだった。

「おとよさんと子どもを連れて行かないのですか」

「冗談を言っちゃいけません。せっかく仕合わせに暮らしているのに、波風を立てることなど出来ませんよ」

「おとよさんが後添いになった秀三さんもとうに亡くなっていることをご存じですか。それに、覚太郎さんが戻ったら、おとよさんはあなたのもとに戻るという約束があったことを？」

「その約束のことは、三島に帰ったとき、父から聞きました。ですが、秀三さんが亡くなったことは、今はじめて知りました」

「『平子屋』さんには秀太さんという立派な跡取りがいて、何の心配もないそうです。覚太郎さん。おとよさんに会ってください」

「会うといったって……」

「会って、おとよさんの気持ちを確かめてから、江戸を離れても、遅くありません。ぜひ、会ってみてください」

しかし、覚太郎は首を横に振った。

「いや。それは出来ない」

「なぜ、ですか」

「栄次郎さま。私はひとを殺した人間です」

「あなたがじかに手を下したわけじゃありません」

「でも、あのふたりは……。いや、私が殺したも同じです」

ともに復讐をしたのだと言いたいのか、それとも、復讐を依頼したというのか。

「あのふたりはどういうひとたちなのですか」

栄次郎の脳裏にお露の顔が過った。

「あなたは、お露さんにご執心らしいが、それはやめたほうがよいでしょう」

覚太郎がいたましげに言う。

「なぜ、ですか」

「それは……」

「教えてください」

栄次郎は懇願する。

「私の口から言えることではありません」

「では、山路三右衛門を殺したのはお露さんですか」

「栄次郎さま。あのひとたちとの掟というものがあります。ですから、私は何も言うことは出来ません。お許しください」

「そうですか」

覚太郎の頑《かたく》なな態度に、栄次郎は引き下がらざるを得なかった。

「栄次郎さま。わけを言わずして、納得いかないと思いますが、これだけは言わせてください。あの女だけはおやめなさい」

栄次郎は言葉を返せなかった。

「じゃあ、私はこれで」

覚太郎が踵を返した。

「覚太郎さん。十五年前の事件の再吟味が行われるはずです。『五木屋』の汚名が濯《すす》がれるでしょう。おとよさんと子ども、そして覚右衛門さんといっしょに『五木屋』の再興を図ってください」

栄次郎はなおも続けた。

「一年ほどどこかで過ごし、ほとぼりが冷めた頃、おとよさんを迎えに来たらどうですか。おとよさんも待っているはずです」

「何から何まで」

振り返って、覚太郎は深々と腰を折った。

五

栄次郎は芝から帰り道を辿った。

「あの女はおやめなさい」

覚太郎の言葉が矢尻のように胸に深々と突き刺さっている。

山路三右衛門の盆の窪を簪で突き刺した女。それはお露に違いないと思う一方で、そうであって欲しくないと願っている。

お露のしっとりとした柔肌の感触や、甘い切ない忍び声が耳朶にこびりついている。

栄次郎は気が狂いそうな息苦しさに何度も立ち止まっては深呼吸をしながら、ようやくのことに本郷の屋敷に戻った。

兄はまだ帰っていなかった。夕餉のときも、食欲がなく、早々と自分の部屋に引きこもった。

明日の朝、板橋で待ち合わせているのだ。栄次郎はいざ、母や兄を捨て、屋敷を出る段になって、もうひとりの栄次郎の心の叫びを聞いた。

早まるな、行くではない。そう叫んでいる。さらに、あの女はおやめなさい、という覚太郎の声。すべてのしがらみを断ち切って、お露のもとに走ることに単に臆病になっているのではない。

お露に対する不審が、栄次郎の胸を覆っているのだ。

五つ（八時）頃に、兄栄之進が帰って来て、栄次郎を呼んだ。

まだ常着に着替えず、袴姿のまま、兄は部屋で待っていた。

「お呼びですか」

「うむ」

厳しい顔で、兄は栄次郎を迎えた。

兄はしばし、栄次郎の顔を凝視した。一瞬、痛ましげに目をそらしたが、すぐに顔を戻し、兄は口を開いた。

「山路どのの件がわかった」

「わかりましたか」

栄次郎は膝を進めた。

「『近江屋』の話からだ。『近江屋』の仲立ちで、大津絵を売る男が山路どのの屋敷にやって来たという」

「大津絵ですって」

「うむ。藤娘だ。その絵に描かれたと同じ美形の女が相手をするという売色の手口を使って誘き出したのだ。その女が刺客だったというわけだ」

お露がそこまでしたのかという衝撃に、栄次郎は胸を掻きむしりたくなった。

「それから、今『近江屋』から、三島の『玉木屋』へ金を貸した件、そして、十五年前の『五木屋』の件は、若年寄から勘定奉行を通じて、韮山代官所のお取調べをやり直すようにお願いしている」

兄の属する御徒目付は若年寄の支配下にあるが、代官所は勘定奉行の支配下にある。したがって、そういう手続きを踏まざるを得ないのだろう。

「栄次郎、今そなたがどんな苦悩を抱えているのか知らぬが、私で出来ることがあれば、なんでもしよう。遠慮せずに言うのだ。よいな」

「兄上」

栄次郎は胸から込み上げてくるものがあった。

俺はこのようにやさしい兄を裏切ろうとしていたのか。そう己を罵《ののし》りながらも、その一方で、お露の面影を追っている。そんな自分を呪わしく思った。

栄次郎は兄の部屋から下がり、自分の部屋に戻った。

いよいよ、辰三とお露が江戸を離れるのは明日だ。明日から、栄次郎も旅の空で毎日を過ごすことになるのか。

まだ、踏ん切りがつかない。お露に対する疑心が、栄次郎の心を迷わせていた。

夜四つ（十時）をだいぶ過ぎてから、天井裏から新八が忍んで来た。

天井板を外し、新八は身軽に飛び下りた。足音ひとつ立てずに見事な芸当だ。

「栄次郎さん。わかりましたぜ」

新八は開口一番言った。

「聞かせてください」

栄次郎は固唾《かたず》を呑んで、新八の言葉を待った。

「江戸の裏家業に通じているおかしらがおります。仲間うちの仁義で、名前を申し上げられませんが、昔はあたしと同じようなことをしており、今は、ある場所で娼家をやっております。そのおかしらが妙なことを話してくれました」

　新八は息継ぎをして続けた。

「この半年ばかし前から、江戸に妙な売笑婦が現れ、荒稼ぎをしているというのです」

「…………」

「まず、富裕な商家に大津絵売りの男がやって来て、絵を売っている最中に、商家の旦那に藤娘の絵を見せ、この娘を買わないかと持ちかけるんだそうです」

　栄次郎は途中から耳に入らなくなった。ただ、虚ろな目で、新八の動く口許を眺めていた。

「そして、客の求めに応じて、女を指定の場所に行かせる。二度目以降に会いたければ、それ以降は、三味線の流しの唄声に外まで出てもらい、次回に会う約束をとりつける。そうやって売色を続けている。一晩に五両という大金。それに見合うだけのいい女だそうです」

　栄次郎はもうまともに聞いていられなかった。

「だが、それだけじゃないんです。この夫婦者は」

「今、なんと。夫婦者?」

「へえ。ひと前では兄と妹と称していますが、ふたりは夫婦者で、京・大坂で稼ぎ、最近は東海道を下ってきて、近頃は江戸に出没しているってことです」

夫婦者……。辰三とお露は夫婦だったのか。では、辰三は自分の女房を他人に抱かせて、金を稼いでいたのか。

「で、その夫婦者は、もうひとつの顔を持っていたんです」

「なんですか、それは?」

「殺し屋ですよ」

「殺し屋?」

「ええ。依頼があれば、ひとり十両で殺しを請け負っていたってことです」

栄次郎は声が出せなかった。頭の中が真っ白になり、意識が一瞬遠のいた。

はじめて、覚太郎の言葉が意味を持って頭に入った。

「あの女はやめたほうがいい」

それは、覚太郎の切実な言葉だったのだ。辰三の妻であり、売笑をし、さらには殺し屋。あの凄艶な美しさは持ち前の美貌だけではなく、色を売り、血をも流してきた凄惨な生きざまが作り上げたものなのかもしれない。

辰三とお露には、木曾屋や研屋久兵衛や伊豆屋、そして山路三右衛門とはなんの関係もなかったのだ。なんの恨みもなく、ただ依頼されただけで、殺してきたのだ。特に、山路三右衛門の殺しには、栄次郎まで手を貸そうとした。

栄次郎は五体が引き裂かれそうなほどの苦痛に襲われた。

ふと、気がつくと、いつ消えたのか、新八の姿はなく、天井板も元どおりになっていた。

辰三とお露は夫婦だった。そのことにも、栄次郎は激しい衝撃を受けていた。栄次郎とお露が睦み合っている間、辰三はどんな思いでいたのか。また、夫が傍にいるのに、どんな思いで、お露は栄次郎に抱かれていたのか。

はじめて、あの唄声を聞いたときのこと。唄声を追って夜の町を歩きまわったこと。そして、はじめてお露と出会った衝撃。さまざまな思いが蘇っては消えていく。

栄次郎はまんじりともしないで一夜を明かした。

朝靄の中、栄次郎は板橋宿に向かった。道端や民家の屋根などが霜で真っ白になっている。いよいよ、冬も深まった。

板橋宿は日本橋より二里（八キロ）ちょっと。中山道の最初の宿駅である。

板橋宿は江戸より平尾宿、中宿、上宿から成っている。

平尾宿に入ると、早立ちの客がぽつりぽつり見えるが、それは旅人というより、飯盛女と遊びに来た近在の男が帰るところのようだった。

この平尾宿には飯盛女が多く、料理屋や茶屋も並んでいる。だが、この時間は、ひっそりとしている。

平尾宿を抜け、中宿を抜け、栄次郎は板橋の袂にやって来た。

周囲に、ひと影はない。ときたま、旅人が足早に通り過ぎて行く。

四半刻（三十分）ほど経った。静かにひとが近づいて来る気配がした。栄次郎は目を凝らした。

やがて、ふたつの影が現れ、街道から外れた川岸に立った。

栄次郎は川岸に待っていた辰三とお露のもとに向かった。

「栄次郎さま」

手甲脚絆《てっこうきゃはん》に草鞋履き、菅笠をかぶったお露が数歩寄って来た。

「栄次郎さん。その格好は？　いっしょに行かないんですかえ」

三味線を片手に、旅姿の辰三が冷笑を浮かべた。

「お露。栄次郎さんは江戸に残るそうだ。もう、思い残すことはあるまい」

「辰三さん、お露さん」

栄次郎は声をかけた。

「あなた方は兄妹ではなかったのですか」

お露がうろたえたように目を伏せた。

「栄次郎さん。おまえさんも初《うぶ》な方だ。今まで、気づかなかったとはね」

辰三が刺すような目を向けた。

「あんたは、お露さんが私に抱かれるのをなんとも思ってはいなかったのですか」

「栄次郎さん。お露の体に喜びを仕込んだのはあっしなんですよ。お露の前にどんな男が現れようと、お露の体はあっしから離れられないんですよ。たとえ、お露が栄次郎さんにどんな感情を持とうが、お露の体が欲しているのはあっしだけだ」

そう言いながらも、辰三の目に嫉妬の炎が一瞬だけ燃えたような気がした。

「お露さん、そうなのか」

栄次郎はお露を見た。

お露は何も言わず、ただ目を潤ませて栄次郎を見返しているだけだった。

「山路三右衛門の盆の窪に簪を突き刺したのは、あなたなのか」

栄次郎がきくと、お露は泣きそうな顔になった。

「栄次郎さん。では、これでお別れしましょう」

割って入るように、辰三が冷たく言った。

「待て。そなたたちは、今度の件は誰に依頼されたのだ。覚太郎さんか」

新八の話では、ひとり十両で殺しを請け負うということだった。四人で、四十両。

島帰りの覚太郎に、そんな大金が作れるわけはないのだ。

「依頼主のことを話してはいけないのですが、ほかならぬ栄次郎さんの問いかけですから、お話ししましょう。依頼主は三島の覚右衛門さんですよ。三島で、偶然にお会いして、私たちの稼業を知ったんです」

「覚右衛門さんに、そんな金があったとは思えない」

「覚右衛門さんのところには、おとよさんが後添いで入った先から、仕送りがあったそうですぜ。覚右衛門さんはそれを一文も手をつけず、貯めておいたってことです。四十両。三島での御用道中の柳田源之丞って侍はあまりにも横暴でね。覚右衛門さんは、あの侍が山路三右衛門と重なって許せなかったようです。急遽、ひとり追加で五人の始末の依頼。十年以上、仕送りの金を貯めて、ちょうど五人分の始末代があったんでしょう」

「これから、どうするつもりなのだ」

栄次郎は問い詰めた。

「この街道から京を目指しますよ。その間、稼ぎをしながらね」

「そんな生き方をして楽しいのか。お露さん、どうなのだ？」

「そういう生き方しか出来ないんですよ、あたしたちは」

「悪事がいつまでも続くはずはない。このままでは、いずれ獄門台に首を晒すことになる。もう、やめるのだ」

栄次郎はお露に訴えた。

「お露さん。私はあなたをまだ信じたい。この男と縁を切るのだ」

「栄次郎さん。まだ、おわかりじゃないんですかえ。お露の体はあっしから離れられないんですよ。さあ、お露、行くぞ」

「だめだ。行かせない」

栄次郎はふたりの前に立ちふさがった。

「なんですって」

辰三が顔色を変えた。

「栄次郎さん。ばかな真似をしちゃだめだ。でないと、たとえ栄次郎さんでも、容赦しませんぜ」

辰三が身構えた。

「栄次郎さま」

お露が駆け寄り、栄次郎にしがみついた。

「お露さん」

栄次郎はひしと抱きしめた。

「お露さん。私はあなたを真剣に……」

胸が詰まって、栄次郎はあとの言葉が続かなかった。

「うれしい。栄次郎さま、とても仕合わせ」

耳元で、お露は喘ぐような声で囁く。

「私はあなたとのことは生涯忘れません」

お露が大胆に栄次郎の唇を求めてきた。栄次郎もそれに応えた。柔らかく、溶けてしまいそうな唇。甘い息と切ない声が漏れ、栄次郎の心は蕩けそうになった。

遠のくような意識の中で、栄次郎の武士の本能が身の危険を察していた。お露の喉から軽い悲鳴が起こった。

栄次郎はお露の体を一瞬放し、素早く抜いた脇差しをお露の心の臓に深々と刺していた。栄次郎の背中にまわしたお露の手から鋭い切っ先の平打ち簪がぽとりと落ちた。

「私を殺そうとしたのか」

栄次郎は崩れ落ちるお露の体を片手で支えながらきいた。

「これで、これで、お露も楽になれます」

「お露」

辰三が叫んだ。

「きさま、よくもお露を」

辰三は仕込み三味線の刀を抜いた。

「これしかなかったのだ。どうせ、捕まって打ち首になるより、私の手で始末をつけてやりたかったのだ」

「何を言いやがる。お露の仇だ」

辰三の目は血走っていた。

「お露さんをこんなにしたのは、あんただ。あんたが、お露さんの身を」

「冗談じゃねえ。一切の差配をしていたのがお露だ。俺のほうこそ、お露のために身を滅ぼしたのだ」

「いい加減なことを言うな」

「嘘じゃねえ。お露は、京の島原の遊女の娘だ。あんな顔をしているが、本性は

「……」

「黙れ」

栄次郎は叫ぶ。

「お露の仇だ」

辰三は仕込みの小太刀を腰にあてがい、栄次郎の懐に飛び込んで来た。栄次郎は素早く刀に両手をかけ、鞘を左下に返しながら抜刀して剣を斬り上げ、さらにその剣を頭上で返して、休む間もなく袈裟に斬り下ろした。

勝負は一瞬のことだった。栄次郎は手加減しなかった。辰三は肩から血を流し、崩れるように倒れた。

栄次郎は血振るいをして、刀を鞘に納めた。

突然、背後で悲鳴が起こった。

通りがかりの者が、今の斬り合いを見ていたのだ。

「すまぬ。宿役人を呼んで来てくれ」

栄次郎は大声で頼んだ。


それから、およそ半月。栄次郎はほとんど屋敷に引きこもっていた。

ひとが訪ねて来ても、誰とも会おうとしなかった。周囲は、たとえ殺し屋であっても、ふたりの人間を斬り殺したことで、気が滅入っているのだろうと思っているようだった。

確かに、辰三とお露を斬ったことも暗い気持ちにさせていたが、栄次郎はやむを得なかったと思っている。

いずれ、ふたりは捕まり、打ち首になる身だ。だったら、この手で始末をしてやりたい。そう思ったのだ。

辰三はともかくとしても、お露は栄次郎の気持ちをわかってくれたはずだ。また、辰三が捕まったら、その口から覚太郎の名が出るかもしれない。なんとか、覚太郎を助けてやりたいと思ったのだ。

一連の事件は、すべて辰三とお露の仕業ということになった。兄栄之進の進言があったのか、事件はすべて売色の末に、金のことでもめて、辰三が殺したということになったのだ。

いずれ、覚右衛門もお解き放ちになるであろうということだった。覚右衛門、覚太郎、それにおとよと子どもが協力して、いつか『五木屋』を再興するはずだ。

すべて、うまくいきはじめた。自分を除いては……。

栄次郎はまだ胸に大きな穴が開いているようだった。瞼を閉じれば、たちまちお露の顔が蘇る。いつになったら、以前の自分に戻れるのか。

一度、例によって、新八が天井裏から忍んで来て、吉右衛門師匠やおゆうが心配していると言っていた。だから、栄次郎さんは今、あるお役目を仰せつけられて、忙しく、でも、あと数日で、それも終わり、また稽古に通いはじめるそうですと言ってありますと話してくれた。

そんな折り、母を通じて、岩井文兵衛の呼び出しがあった。

「栄次郎。久しぶりに、外に出ていらっしゃい」

母の熱心な勧めに、栄次郎はやっとその気になった。

夕方になって、栄次郎は屋敷を出た。

湯島の切通し坂を下る。すっかり、冬が深まり、風が冷たい。木戸番屋では、木戸番や拍子木を打っての夜回りなどの仕事の合間に、草履や炭団《たどん》、渋団扇《しぶうちわ》などの荒物を売っているが、今は焼き芋も売りはじめていた。

薬研堀にある料理屋『久もと』に行くと、すでに岩井文兵衛は来ていて、いつもの座敷で馴染みの芸者を侍らして呑んでいた。

「遅くなりました」

栄次郎は敷居の前で挨拶する。

「さあ、入りなさい」

文兵衛は声をかけた。

栄次郎は部屋に入った。

すると、文兵衛は栄次郎の顔をまじまじと見つめた。

「御前。私の顔に何か」

「いや、栄次郎どの。前に会ったときより、ますますよい男になった。いや、どことなく、男の色気が出てきたような気がいたします」

「御前。ご冗談を」

「いや。冗談ではありません。栄次郎どの。さっそく、わしの言ったことを実践するとはたいしたものです」

文兵衛は笑った。

「あら、御前の言ったことってなんですの」

年増芸者が割って入る。

「おまえたち、わしが何を言ったか、覚えてないのか」

「あっ、思い出しました」

そう言ったのは、若い小まきだった。

「あのとき、御前はこう仰いました。栄次郎どのは真剣に女子を好きになったことがおありですかな。親兄弟との縁を切り、今の身分を捨ててでも、添い遂げたいと思うほどに恋い焦がれた女はあったかどうか。そうではございませんか」

「うむ。そのとおり」

「まあ、では栄次郎さまにそんなお方が」

小まきが悲鳴のように言う。

「御前。違います」

あわてて、栄次郎は否定する。

「まあ、いいでしょう。さあ、栄次郎どのに酒を勧めて」

「はい。どうぞ」

小まきが銚子を持った。

栄次郎は一口すすってから、

「おいしい」

と、覚えず呟いた。

お酒がおいしいと思ったのははじめてだった。

文兵衛が意味ありげに微笑んだ。

栄次郎は久しぶりに開放された気分になり、三味線を弾き、文兵衛が唄った。さんざん、弾いて唄ったあと、

「御前。季節外れですが、『秋の夜』をひとつ」

「うむ。よし」

秋の夜は
長いものとはまん丸な
月見ぬひとの心かも
更けて待てども来ぬひとの
訪ずるものは鐘ばかり
数うる指も寝つ起きつ
わしや照らされているわいな

弾き終えたあと、栄次郎は厠へ立った。

厠の小窓から月が見えた。

もう、いくら待っても、お露の唄声は聞こえてこないのだ。そう思った瞬間、栄次郎は胸の底から込み上げてくるものがあった。覚えず、しゃがみ込んで、嗚咽を堪えた。

厠を出ると、小まきが心配そうに待っていた。

「少し、酔ったようです」

「そうですわ。あまり召し上がらないのに、今夜はかなりお呑みに。冷たいものでも、お持ちしましょうか」

小まきが三日月眉を寄せて言う。

「いや、だいじょうぶ。もうだいじょうぶです」

さきほどの慟哭で、心の中が洗い流されたようにすっきりした。もう、だいじょうぶだ。栄次郎はそう思った。

時代小説
二見時代小説文庫

残心《ざんしん》　栄次郎江戸暦《えいじろうえどごよみ》4

二〇〇九年　九　月二十五日　初版発行
二〇二五年　二　月　二十　日　三版発行

著者　小杉健治《こすぎけんじ》

発行所　株式会社　二見書房
〒一〇一-八四〇五
東京都千代田区神田三崎町二-一八-一一
電話　〇三-三五一五-二三一一［営業］
　　　〇三-三五一五-二三一三［編集］
振替　〇〇一七〇-四-二六三九

印刷　株式会社　堀内印刷所
製本　株式会社　村上製本所

ISBN978-4-576-09127-3
https://www.futami.co.jp

森 詠

御隠居用心棒 残日録

シリーズ

以下続刊

①落花に舞う
②暴れん坊若様
③化物屋敷

「人生六十年。その後の余生はおまけだ。あとは自由に好きなように生きよう」と深川《ふかがわ》の仕舞屋に移り住んだ桑原元之輔《くわばらげんのすけ》は、羽前長坂《うぜんながさか》藩の元江戸家老。そんな折、郷里の先輩が二十両の金繰りに窮し、娘が身売りするところまで追い込まれていると泣きついてきた。そこに口入れ屋の扇屋伝兵衛《おうぎやでんべえ》が持ちかけてきたのは「用心棒」の仕事だ。御隠居用心棒のお手並み拝見！

牧 秀彦

北町の爺様

シリーズ

以下続刊

①隠《おん》密廻《みつまわり》同心
②老同心の熱血
③友情違《たが》えまじ
④老いても現役
⑤顔《かお》見《み》世《せ》 隠《おん》密廻《みつまわり》

隠密廻同心は町奉行から直《じか》に指示を受ける将軍にとっての御庭番《おにわばん》のような御役目。隠密廻は廻方で定《じょう》廻と臨時《りんじ》廻を勤め上げ、年季が入った後に任される御役である。定廻は三十から四十、五十でようやく臨時廻、その上の隠密廻は六十を過ぎねば務まらない。北町奉行所の八森十蔵《やもりじゅうぞう》と和田壮平《わだそうへい》の二人は共に白髪頭の老練な腕っこき。早手錠《はやてじょう》と寸鉄《すんてつ》と七変化《しちへんげ》を武器に老練の二人が事件の謎を解く！「南町 番外同心」と同じ時代を舞台に、対を成す新シリーズ！

牧 秀彦

南町 番外同心 シリーズ

以下続刊

① 南町 番外同心1 名無しの手練《てだれ》
② 南町 番外同心2 八丁堀の若様
③ 南町 番外同心3 清水家 影指南
④ 南町 番外同心4 幻の御世継ぎ
⑤ 南町 番外同心5 助っ人は若様

名奉行根岸《ねぎし》肥前守《ひぜんのかみ》の下、名無しの凄腕拳法番外同心誕生の発端は、御三卿《ごさんきょう》清水《しみず》徳川家の開かずの間《ま》から始まった。そこから聞こえる物《もの》の怪《け》の経文を耳にした菊千代《きくちよ》(将軍家斉《いえなり》の七男)は、物の怪退治の侍多数を拳のみで倒す〝手練〟の技に魅了され教えを乞うた。願いを知った松平定信《まつだいらさだのぶ》は、『耳嚢《みみぶくろ》』なる著作で物の怪にも詳しい名奉行の根岸にその手練との仲介を頼むと約した。「北町の爺様」と同じ時代を舞台に対を成すシリーズ!